U887899

小說新賞

牛郎織女傳

原著　佚　名
編寫　郭怡汾

三民書局

主編的話

我常常思索著，我是怎麼成了一個說故事的人？

有一段我已經忘卻的記憶，那是一個沒有什麼像樣娛樂的年代，大人們忙著養家活口或整理家務，大部分的孩子都是自己尋找樂趣，妹妹告訴我，她們是在我說的故事中度過童年的。我常一手牽著小妹，一手牽著大妹，走到家附近那廢棄的老宅前，老宅大而陰森，厚重而斑駁的木門前有一座石階，連接木門和石階的磚牆都已傾頹，只有那座石階安好，作為一個講臺恰到好處。妹妹席地而坐，我站上石階，像天方夜譚般開始一千零一夜的故事。

記憶中的小時候，我是個木訥寡言的人，所以當小妹說起這段過去時，我露出不可思議的神情，懷疑她說的是另一個人的事。雖然如此，我卻記得我是如何開始寫故事的。那是專三的暑假，對所有要上大學的人來說，這個暑假是很特別的假期，彷彿過了這個暑假就從青少年走入成年。放暑假的第一天，我從北部帶著紅樓夢返家，想說漫長的暑假適合讀平日零碎時間不能完整閱讀的大部頭。當我花了兩個星期沒日沒夜看完紅樓夢，還沒從寶黛沒有快樂結局的悲悽愛情氛圍中脫身，突然萌生說故事的衝動，便在酷暑時節，窩在通鋪式的臥房，以摺疊成山的棉被權充書桌，幾個下午就完成我的第一篇短篇小說、我說的第一個故事。寫完時全身汗水淋漓，用鉛筆寫的草稿也被手汗沾得處處字跡模糊，不過我不擔心，所有的文字都在我腦海中，無需辨認。之後我又花了幾天把草稿謄在稿紙上，投寄到台灣日報副刊，當那個訴說青春少女和遲暮老人忘年情誼的小說變成鉛字出現在報紙副刊，我知道我喜歡說故事、可以說故事，於是寫了一篇又一篇的小說，直到今天。

原來是經典小說帶領我走入說故事的行列，這段記憶我始終記得，

也很希望在童年時代還耐不下性子閱讀原典的孩子們，能和我一樣在經典故事中成長。

雖然市場上重新編寫經典小說的作品很多，但對我這個有兩個少年階段孩子的母親來說，卻總覺得找不到適合的版本，不是太簡單，就是太難，要不然就是刪節得不好，文字不夠精確等等，我們看到了這當中的成長空間，於是計畫進行一套經典小說的改寫版本。

首先我們先確定了方向，保留較多文學性，讓這套書適合大孩子閱讀；但也因為如此，讓我們在邀請撰稿者方面碰到不少困難。幸好有宇文正、石德華、許榮哲等作家朋友們願意加入，加上三民書局之前「世紀人物 100」的傳記書系列，也出現了不少有文采、有功力的寫作者，讓這套書可以順利進行。對於文字創作者來說，創意是珍貴的資產，但改寫工作就像化妝師，被要求照著一張照片化妝，不能一模一樣，又不能不一樣，一些作者告訴我，他們在撰寫這系列的書時，常常因為想寫的和原著不太一樣而卡住，三民書局的編輯也常常要幫著作者把寫作節奏拉回來，好幾本書稿都是初稿完成後，又大幅刪修，甚至全部重寫。辛苦的代價便是呈現在讀者面前的這套書——文字流暢、故事生動，既有原典的精華，又有作者的創意調拌，加上全彩印刷、配圖精美。這是我為我的孩子選擇的一套書，作為他們告別青春期的最佳禮物，希望能和天下的學子、家長們分享，也期待這套「大部頭的套書」，經過作家們巧妙的改寫、賦予新生命後，保留了經典的精神，又比文言白話交雜的原典更加容易親近，讓喜歡聽故事、讀故事的孩子，長大後也能說故事、寫故事，於是中國經典文學的精華就能這麼一代一代傳誦下去。

林黛嫚

作者的話

幾經周折終成文

　　一開始與編輯敲定要改寫牛郎織女傳的時候，我真是既興奮又愉快：興奮是因為可以挑戰這個流傳千年、人人耳熟能詳的故事，愉快自然是因為這活兒有稿費可以賺——爬多了無薪酬的格子，能換換口味總是不錯的。至於惶恐、不安、懷疑之類與稿子難產掛勾的情緒，自然是半點也沒有——笑話，就憑本姑娘聽了沒二三十次也至少溫習了十二三次的經驗值，區區改寫牛郎織女傳豈不是小事一樁嘛。

　　結果，夢想是美好的，現實則是殘酷的。打從收到編輯為我準備的資料，那本明朝吳名世所編的新刻全像牛郎織女傳開始，我就一個腦袋堪比兩個大。

　　金牛到哪裡去了？荼毒牛郎的大哥和大嫂怎麼不見了？搭橋的喜鵲呢？織女怎會變得這麼獨斷剛愎，牽牛又怎會是個妻管嚴的傻小子？為什麼這本現存最早的牛郎織女傳，它的內容居然跟我記憶裡的故事完全不一樣？

　　我誠惶誠恐的撲進圖書館，直到挖到洪淑苓所著的牛郎織女研究，明白牛郎織女故事的源遠流長、文人與民間兩種故事取向，以及現存的各種故事版本後，才終於比較定下心來，有餘裕思考兩種取向的牛郎織女故事其融合的方式與比重。

　　然後新的問題出現了。我犯了凡是從事創作的人大概都會有的毛病，那就是妄想將自己做過的功課一股腦兒塞進文章裡，企圖把好好的纏綿悱惻愛情故事改寫成考古文章大集合。三民書局的編輯經驗老到，知道不能放我這樣胡搞瞎搞，而我又一時腦袋撞牆怎麼都轉不出來，雙方魚雁往返討論了整整一個月，在堅持、疑惑、妥協與反思之間來回擺盪，推翻之前寫就的所有東西後，我總算搞定了故事大綱，可以敞開手

腳擺開陣勢開始執行計畫，一個字一個字的把牛郎織女傳敲打出來。

好吧，既然大綱有了，時間也很充裕，作者妳應該舞文弄墨得十分瀟灑吧？

錯錯錯！我卡稿卡得好痛苦啊。

根據構思，我努力將文人筆下簡略的牽牛織女神話與民間口耳相傳的牛郎織女故事掐頭去尾縫合在一起，發揮想像力填補所有的坑坑窪窪：牛郎的老實易欺、織女的多情堅毅、金牛的忠誠衝動、天帝的威權與苦惱，當然還有反派人物的可憐與可鄙，這些被前人簡簡單單一語帶過的部分，我卻無從迴避──畢竟我寫的是小說，不是小短文，該細細描述的，自應一筆一畫勾勒清楚。

如此，我扯著頭髮、啃著手指、吞了一杯又一杯的咖啡，幸運的在把自己整成禿頭前，完成了屬於我的牛郎織女傳。

關於本書，我有個小小的企圖心，那就是希望能藉此難得的機會，試著回答縈繞我心許久的幾個問題：

首先是在天界時，織女的生活、想法與期盼為何？過去我讀牛郎織女故事時，總弄不懂明明在天上過得好好的，織女怎會毅然決定下嫁凡人？就算真是所謂的「願得一心人，白首不相離」，堂堂天帝女孫的選擇應該也是很多的，為什麼她偏偏挑中了身分地位與自己天差地別的牛郎？

其次，當牛郎還是天上的「河西牽牛郎」時，有無可能已在冥冥之中與織女有了情感上的接觸？若有，他們又是如何跨過浩瀚天河這個阻礙，而這樣的牽繫又是如何延續到牛郎下凡以後？畢竟以牛郎老實淳樸的個性，若不是另有前緣，很難讓人理解以他在人間小小一名貧農子弟

的身分，何來勇氣「高攀」他心知其身分無比崇高的織女。

第三，所謂的個性決定命運，牛郎老實認分不與人爭的性格，注定了他被人當作軟柿子捏來揉去的遭遇。但是，當這樣的欺凌上升到另一種高度，也就是後來的天兵天將奉天帝命令悍然帶走織女時，他還能繼續往日的忍讓退讓嗎？即便他決定這次不讓不退，作為一介凡人，他要如何去與天相爭，堅持自己的不讓不退？

第四，金牛這個一生為護持牛郎而活，居中為牛郎織女的姻緣撮合牽線，最後還未雨綢繆留下毛皮以供牛郎登天追妻之用的角色，非常值得我大力描繪一番。是怎樣的前塵往事令他將牛郎納入自己的羽翼之下？即便是老套的報恩之說，我也希望自己能寫出點新意。此外，何以他知曉織女會在那個時候、那個地方洗浴？為什麼牛郎披上他的牛皮就能登天？關於這二點，我希望自己能自圓其說。

最後，是織女擅離職守對人間的影響，以及天帝在獲知此事後的反應。古人相信天上星辰的運行明滅，影響人世的災患禍福，我很好奇織女滯留人間後對這世界造成的影響，故試著鋪陳這一點。此外，天帝一直頗對織女引以為傲，一朝她背叛了他的期望，既為天界帝王又為織女祖父的他，又該如何處理這樣的衝突？

這些疑問真的說大不大，說小……其實也真的很小，更多是基於我個人愛鑽牛角尖的壞毛病。不過，同樣是餘暇時間，不學別人到處吃喝玩樂、爬爬枕頭山，偏偏窩在電腦螢幕前面與一籮筐方塊字拼搏，那麼這人應該也能享有一點點任性的特權，一點點選擇自己要鑽研哪些問題的特權。

所謂寫作之樂，僅此而已。

　　各位親愛的讀者啊，如果你對我所提出的那些問題也有那麼一點兒好奇，不妨翻開故事正文一頁一頁的讀下去，看看我的解釋，並與你的想法做個比較。

　　如果到最後你的感想是「原來是這樣啊，這作者的詮釋還頂有意思的」，那我甚感榮幸，多月來的努力沒有白費；假若你的結論是「這作者還真是小題大作囉囉唆唆，明明應該是……」，我非常歡迎你來信告訴我你的想法，讓我了解同一問題在不同腦袋瓜底下的不同解。

　　正所謂，如切如磋，如琢如磨，精益求精，臻於完善。

　　謹以此彼此共勉。

郭恰汾

牛郎織女傳

目 次

在古老中國為數不多的天文神話中，牛郎織女隔河相望，一年始得一會的悲戀，無疑是其中最蕩氣迴腸、淒美動人的存在，千年以降，不但曾導引出七夕乞巧的習俗，更在商業活動興盛的今天，被打造成中國情人節的象徵。

但是，打從牛郎與織女誕生那一刻開始，他們就是我們印象中一個憨厚老實、一個溫柔多情的形貌嗎？當然不是。

考察文獻記載，牛郎與織女皆為星神。牛郎星初次登上歷史的舞臺時，他的名字仍然是「牽牛」，象徵祭典時作為供品的祭牛。至於織女星，一開始身分就很崇高，既為天帝女孫，又掌蠶桑織造、瓜果珍寶。牽牛星和織女星隔著銀河遙遙相對的天文現象，在西周文人的筆下成就了詩經小雅大東裡一段充滿諷喻意味的篇章：

跂彼織女，終日七襄。雖則七襄，不成報章。睆彼牽牛，不以服箱。
（那由三顆星星組成的織女星宿，一天要移動七個時辰。雖然一天移動七個時辰，卻是有往無回，不能織成布帛。那閃閃發光的牽牛星，不能拉動大車的車箱。）

人的想像力是無窮的，就在這短短的二十四個字中，他們提取織女、牽牛二星「怠工」的概念，配合農曆七月織女星旁兩顆較暗的小星會形成一個朝東的開口，正好可以藉此望見牽牛星的天文觀察結果，再加上民間普遍的男耕女織現象，於東漢末年出現了「迢迢牽牛星」這首古詩，藉由描繪織女哀泣浩浩天河阻隔了自己與牽牛的重逢，悲嘆社會動盪不安造成的男女分離現象，並在南北朝時期形成了具體的牽牛織女神話：

天河之東有織女，天帝之子也。年年機杼勞役，織成雲錦天衣。天帝憐其獨處，許嫁河西牽牛郎。嫁後遂廢織紉。天帝怒，責令歸河東，唯每年七月七日夜，渡河一會。（南朝梁宗懍荊楚歲時記）

　　（天河東岸有位織女，她是天帝的孫女。年復一年忙於紡織工作，織出美麗的雲錦天衣。天帝憐惜她獨自一人生活孤單寂寞，就將她許配給了住在河西的牽牛郎。織女出嫁後竟然荒廢了紡織縫紉的工作。天帝勃然大怒，罰她回歸天河東岸，只有每年的七月七日夜晚，才能渡河與牽牛郎會面。）

　　光陰不住流轉，自唐到明，不知有多少文人從這則簡短的神話故事中汲取了創作靈感，只是由於時代氛圍的不同，關注／同情的對象不同，而有不同的切入角度。

　　在唐朝，由於烽火連天、戰事頻仍的社會現實，唐代詩人見過太多夫婿被迫從軍，徒留妻子深閨寂寞的人間悲劇，使他們在從事文學創作時多從同情織女的角度出發，極力強調夫妻兩地相隔的痛苦、稍聚還離的惆悵。

　　到了理學發達的宋朝，文人們看待牽牛織女的方式有了大逆轉：他們大力撻伐牽牛織女的曠職償事，他們嚴詞怒斥牽牛織女的不服權威（也就是違逆了天帝的旨意）。唐人詩文裡溫柔婉約、情意纏綿的織女，在宋代文人的筆下居然搖身一變，成了一個愛打扮、貪玩樂、活該被懲罰的的任性女子。

　　明代文人基本上繼承了宋人的觀念，但態度更加嚴厲，百般苛責牽牛織女的男女之戀、夫妻之情。從現存最早的小說版本，明朝儒林太儀吳名世所編的新刻全像牛郎織女傳略作觀察，他們基本上無視織女錦窗前潸然淚下的相思，也對牽牛織女兩地相隔的慘然無動於衷，心心念念都在譴責牽牛織女的貪歡好樂、不服管教。於是，原本充滿浪漫與悲劇色彩、並且一定程度的反映民間疾苦的牽牛織女神話，就這樣被道貌岸

然的文人們給活生生窒息了。

然而，生命自會找到出路，這個真理代換到神話傳說民間故事的散布上也是成立的。雖然牽牛織女的神話飽受文人摧殘以致面目全非，但流傳在民間的牛郎織女故事卻越發有生命力，並且吸納人們的生活經驗與地方特色，發展出眾多主旨雖然一致，但細節各有巧妙不同的故事版本。

根據學者的研究，興起於兩漢年間、以牽牛織女神話作為創作藍本的董永故事，可能是推波助瀾的主要力量。

首先，讓我們透過干寶搜神記裡的記載，瞭解一下董永故事梗概。

漢董永，千乘人。少偏孤，與父居。肆力田畝，鹿車載自隨。父亡，無以葬，乃自賣為奴，以供喪事。主人知其賢，與錢一萬，遣之。永行三年喪畢，欲還主人，供其奴職。道逢一婦人，曰：「願為子妻。」遂與之俱。主人謂永曰：「以錢與君矣。」永曰：「蒙君之惠，父喪收藏。永雖小人，必欲服勤致力，以報厚德。」主人曰：「婦人何能？」永曰：「能織。」主曰：「必爾者，但令君婦為我織縑百疋。」於是永妻為主人家織，十日而畢。女出門，謂永曰：「我，天之織女也。緣君至孝，天帝令我助君償債耳。」語畢，凌空而去，不知所在。

（故事大意是說，董永為了收葬父親，自願賣身為奴。服喪期滿，他在前往主人家履行契約的路途上，遇見一名女子自薦為妻。主人感佩董永的孝心與誠信，想免除他的債務，但由於董永堅持債務必須履行，便折衷由董永之妻織縑百疋來抵債。女子在主人家織縑，十天內就完成織縑百疋的艱鉅任務。兩人出了主人家後，女子告訴董永，她是天上的織女，因為他的孝行可敬，天帝命令她下凡助他償債。語畢，女子便凌空飛去，消失無蹤了。）

董永這樣一位憨厚老實、誠正守信、孝順父母，偏偏迭遭困境的人物，是社會大眾生活周遭常見的典型；他賣身葬父的偉大孝行竟然感動天帝，派遣織女代為織縑償債的故事結尾，滿足了人們對善有善報的期待，更肯定了孝行的偉大價值。在一代又一代聽眾的轉述下，董永故事不斷的被增添枝葉，塗敷血肉，轉化形象。於是，在千百年之後，家境貧寒不得不賣身葬父的董永，因其偉大孝行被天子拜為御史大夫，得享榮華富貴；助董永償債完畢便凌空飛去的織女，不但替董永留下子嗣，性格也從無情冷漠轉為多情纏綿；偏好大團圓結局的廣大民眾更附會這織女之子就是傳說中法力通神的董仲，於是又發展出董仲在道士的指示下，趁著天女在河邊洗浴時抱走她的衣服，終於得以和他的母親織女相見的章節。

脫胎於牽牛織女神話的董永故事至此發展成熟，以其為基礎敷衍出的話本、戲曲、傳奇故事更是洋洋灑灑，蔚為大觀，可謂是青出於藍更勝於藍。但在另一方面，由於董永故事徵用了織女這個角色，而其夫妻相愛卻因天帝命令被迫分離的情節結構也讓人聯想到牽牛織女神話，使得董永故事在傳述過程中產生了另外一種變異，那就是將董永的形象、董永的遭遇反饋到牽牛身上，使得賣身葬父的孝子董永成為牽牛星在人間的化身「牛郎」的具體化呈現，天孫織女被賦予了多情專意、賢淑溫柔等等美好的德性，舞臺背景也從虛無縹緲的天庭搬到現實人間，董仲尋母的橋段更促成了民間版牛郎織女故事的重要情節——牛郎偷走織女天衣從而娶得織女為妻。最後，在集眾人之靈感，經過漫長時間的提煉純粹，終於形成了內容更豐富、情節更曲折、情緒更富感染力的牛郎織女故事。

然而，所謂的成也蕭何，敗也蕭何，牛郎織女故事是集思廣益而成，並因地域環境的不同進行修正增補以符合當地民情，故而能流傳久遠，人人耳熟能詳，但也因此而不存在一個大一統的故事版本。

根據洪淑苓的蒐集整理與分析，這些民間流傳的牛郎織女故事在其

主人翁的身分設定、成婚方式、分離原因、登天方式、相聚方法，各有其側重描述的方向，於是呈現同中有異、異中有同的有趣現象，充分展現了普羅大眾充沛的想像力與創作力。甚至還有一則故事徹底顛覆了人們對愛情的美好幻想，描述織女因為不適應人間的貧困生活，自願與牛郎離婚，兩人在天河畔大打出手幾近反目成仇，最後天帝做主要他倆看在夫妻的情分上至少一年見個一面，活脫脫是現代婚姻怨偶的翻版。

走筆至此，相信聰明的讀者們已經發現問題何在：請問作者，既然牛郎織女傳沒有一個統一的故事版本，那麼關於妳的這個故事版本，究竟是採行什麼樣的原則，循著什麼方向的故事線，又有什麼樣的特色呢？

在寫作本書之前，我查閱坊間一些相關的文學創作，歸納出這些作者在呈現牛郎織女故事時，基本上可分成兩個路線：一是前述盛傳於文人之間、後來逐漸隱沒不傳的版本；另一個就是盛行民間、大體以董永故事為骨幹的版本（為了方便說明，以下暫且稱之為文人版本與民間版本）。但不管是哪一個取向，乍看之下或許都呈現了牛郎織女成婚、分離乃至重聚的過程，細辨之後卻發現他們各有各的問題。

先來說說文人版本。首先，這是一個以織女為敘事重心的故事，我們可以從宗懍筆記中的寥寥數筆，隱約看到織女的哀怨憂愁，但作為其配偶的牽牛本人，除了「河西牽牛郎」這五個字以外，沒有任何心性、品貌乃至行事為人的描述。當然，這個版本的致命傷在於內容過分簡短粗略，短篇故事還勉強應付得來，若要改寫成中長篇小說，所添加的調味料分量勢必多到掩蓋了故事本身。

那麼，故事結構相對複雜的民間版本呢？他的缺陷剛好相反，雖然有個形象具體的男主角，但女主角所佔分量卻相應的消減許多，並留下一些尷尬的問題。比方說，牛郎偷了織女的羽衣迫使她留滯人間這點，以現代的眼光來看不免有霸王硬上弓、強人所難之嫌；又比如織女作為天帝女孫，怎會是個因為少件衣服不得歸鄉，就委屈自己嫁個貧苦農人的柔弱女子。此外，這

個版本所衍生出來的故事通常不太重視牛郎的原始身分（也就是天上的牽牛星），以致於當故事進行到最後，兩人在天上從此隔著天河相對，一年始得一會時，總有些首尾不大呼應的違和感。

基於上述的種種缺憾，我在重新述說牛郎織女的故事時，嘗試保留兩個版本各自的優點並去除各自的缺點：

我期許自己能夠較妥善的詮釋織女對人間的渴望，以為日後她下嫁牛郎的鋪墊；雖然我服膺牛郎織女的姻緣早已寫定在月下老人的姻緣簿裡，但我仍希望自己能賦予他們一些結為夫妻的情感基礎（畢竟現代已經不時興父母之命，媒妁之言了）；關於天上星辰的異動與人間禍福吉凶的關係，雖然生長於科學時代的我們已經不相信這一套，但這樣的想法在遙遠的古代是成立的，並且在一定程度上迫使牛郎織女兩地分離，所以我費了點筆墨加以描繪。雖然我的牛郎織女故事不可能也不必是個大一統版本，但我視其為一個創作上的初步示範：我排列重組了相關資料，訴說了一個屬於「我」的牛郎織女傳。

然而，渺小的作者如我，自當明瞭自己所看重的不必然等於讀者所看重的，自己所呈現的也不盡然符合讀者的預期或偏好。所以，接下來不妨換讀者你來試試看——

試試看去訴說一個屬於自己的牛郎織女傳。

寫書的人

郭怡汾

　　出生於古都臺南，因為讀書、就業還有為愛走天涯的感情因素，幾年下來跑遍了臺灣。看過陽明山的花、太平洋的日出、鵝鑾鼻的燈塔、王功的夕照，最不熟悉的卻是故鄉。

　　平生無甚嗜好，就是買書與看書而已。少年時曾立志要搜羅群書，成立家庭圖書館，長大後才發現買書不難，但要生出存書的空間，很難很難。

牛郎織女傳

第一章　織女的嘆息

　　你可曾仰望夜空，看那黑絲絨般的遼闊天幕上，有無數星辰匯聚光芒，連成一條波濤翻湧的浩瀚江河？你可曾追隨銀河的走向，從天頂至遙遠的彼方，直到目光垂落在海天之間模糊難辨的分界線上？你可曾想過駕起一葉扁舟，順著河流航行到大海，尋找大海與天河交會融合的地方？

　　很久很久以前，有個好奇心旺盛而且滿懷勇氣的人，他收拾了許多乾糧，乘著小舟往茫茫大海的彼岸而去。

　　在最初的十餘天航程中，一切經歷都很尋常，除了在船側不斷拍打的波浪外，只有星辰日月陪伴著他。之後，海霧一天比一天濃密厚重，最後居然彷彿航行在雲層裡一樣，再也分不出白晝與黑夜，更談不上望見陸地乃至停靠的港灣。

　　身居如此異地，他心底不免生出一絲膽怯，但前瞻後顧，分不清來時路，只得心一橫、牙一咬，繼續

向前航。

　　又過了十多天，雲霧淡去，星辰隱逸，四周一片蒼茫，沒有任何辨識方向的憑藉。眼看存糧越來越少，這名旅人暗自惱恨此番遠行居然將窩囊的以「餓死船頭」作為了結時，竟瞥見遠方隱約出現一座城池。他心中一喜，趕緊調整船帆，借助逐漸狂飆的風勢，往那越看越覺得高聳嚴整的城郭而去。

　　慢慢的，他看見那城郭座落在一座大島之上，地勢最高處有棵樹幹極為粗壯的大樹，它的樹枝往四面八方伸展、彼此相互重疊，碧綠的樹葉繁繁茂茂、交相覆蓋，枝葉間隙停棲著好幾隻翎羽閃耀、彷彿燃著熊熊火焰的三足烏鴉。

　　「是金烏嗎？」他喃喃自問，驚疑自己究竟到了什麼神異的地方。

　　小船越靠越近，漸漸的，他望見就在那棵大樹的樹蔭底下，有位容貌精緻絕美、身段窈窕纖細、衣著綺羅繡襦的女子正在摘採樹葉。

　　金烏所居之樹，是為「帝女之桑」，帝女就是織女，看那女子正在摘採桑葉……難道她就是傳說中的織女嗎？

　　他心一動，瞇起眼睛想更看清楚織女的五官樣貌，

3

也好日後在鄉人朋友面前吹噓吹噓時，突然一陣大風颳來，將他的小船吹離了航道；他還暈頭轉向來不及弄清楚東西南北時，濃霧已一湧而上，將他包裹在伸手不見五指的黑暗中。他摸索著扯下即將被颱風撕裂的鼓脹船帆，冷不防一個滔天浪頭打來，將他與小舟推得好遠好遠……

頃刻之間，城郭與女子不再復見。他又回到遼闊的大海之上，細辨遠處山光水色，竟距家門只剩不到半日航程那麼遠。

「好一段奇遇，怎知竟像夢境一樣飄渺易逝。」他悵惘的連聲嘆息，殊不知身遭永不止息的海風，已將他的嘆息聲席捲而去。

是誰？是誰在嘆息？

帝女之桑下，<u>織女</u>頓了下手中刀剪，傾聽城外傳來的聲音。

沒有異狀，想必是她一時多心吧。

<u>織女</u>搖搖頭，將注意力召回到手邊工作上，眼看那籮筐裡的桑葉漸多，莫名的愁緒卻不知不覺襲上了心房。

散在帝女之桑附近協助採桑的婢女們似乎被她的情緒波動給驚動了，一個接著一個返回她身邊，斂衽問道：「殿下，您何以煩憂？」

織女瞬間收攝了情緒，眉宇間又是她們慣見的七情六慾不動，超脫物外凡俗，「沒事，我只是隱約聽見生人的聲息，不由得有些許疑惑。」

婢女們低聲討論良久，但無人曾察覺到任何異狀，不禁面面相覷。驀地，其中一個偶然福至心靈＊，插口說道：「小婢前些天聽聞值日星官提及這幾日將有客星犯境，想來殿下方才聽見的騷動，是那入侵的人所引起的吧。殿下要不要小婢到駐守城門的天兵天將那查看狀況，確定他們已將閒雜人等驅離鳳城？」

「這就不必了。」織女輕淺一笑，將眸光轉回帝女之桑上，一派已將此事逐出腦海的漠然：「不過是件小事，天兵天將自有分寸，何勞他人過問，我們就繼續採桑吧。」

「是。」

等到眾婢女魚貫離開後，織女褪去了唯有在人前才會擺出的清冷，一徑呆望著帝女之桑，即便雌伏在枝葉間的金烏光華無比刺目耀眼，她依舊渾

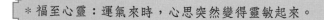

＊福至心靈：運氣來時，心思突然變得靈敏起來。

然不覺。

　　不知在何時聽何人說過，天河與海相通。她一直以為是句玩笑話，沒想到還真有凡塵中人能從大海登上天河，來到這矗立在天河畔的<u>鳳城</u>。既然凡人可以經大海登天，神仙是否也可以反其道而行，從天河去向大海，降臨人間……天！她在胡思亂想什麼啊！身為一名接受天帝統馭的神仙中人，怎可不經天帝降旨，私下凡塵？

　　嚴屬的自我譴責一番後，<u>織女</u>面容一整，神情嚴肅的張開剪子，將已在她掌中橫躺許久的嫩葉一刀剪下。

　　採完了桑，餵飽了蠶，在<u>鳳城</u>最為精巧華貴的閣樓裡，<u>織女</u>獨自坐在織機面前，繼續昨天未完成的工作。札札不停的機杼聲中，但見她織手如飛的操縱梭子與織綜，一丈又一丈炫麗多彩的錦緞就這樣織了出來；錦緞上紅、橙、黃、綠、藍、靛、紫等七重色澤交互掩映，恍若那驟雨過後橫跨天際的七色虹橋。

　　任何一位有幸拜見這七彩錦緞的人，定會為它的璀璨無匹而讚嘆不已，可它的創造者面對這美麗的成果，居然臉上毫無歡喜之意。她意興闌珊的從織機上將

錦緞截下，整個人不言不語不移不動，一雙美目定定落在窗外的層層雲海，精緻絕美的面容上滿是疲憊與落寞。

太陽西沉，月華初上，失神已久的織女幽幽嘆了口氣，忍不住輕輕撥開雲頭，看向人間，瞬間一雙小情侶的喁喁細語鑽入她耳際。

「阿好，妳可願意做我的娘子？」在人間界，一片滿布露珠的豐美草地上，一名樸實穩重的男子執起女子的雙手，誠懇的徵詢著。

而他口中的那位阿好，低下羞紅的臉龐，幾不可察的點了下頭。

「恭喜妳了，阿好，我知道妳期待這天已經很久了。」阿好是織女最喜歡的織娘之一，常常在餘暇之時向織女傾訴她對心上人的愛慕之情。眼看阿好長久以來的心願終於得償，這位主管針黹紡績等工藝、對感情婚姻根本插不上手的女神也十分為她歡喜。

看夠了甜甜蜜蜜的一對佳偶後，織女懷抱著滿腔有情人終成眷屬的感動，回身到織機之上繼續織布。然而那份感動不知怎的很快便消退了，殘留下來的只剩苦澀難熬的淒涼與寂寞。

天人永壽，青春長留，但這無止無盡只有織機紡

牛郎織女傳

輪相伴的歲月，又是何其的平淡淒冷。每天，她在人們諸多的祝禱聲中醒來，倘若條件許可，比方說，那是一位心虔志誠、禮敬上天的織娘，或是一位專心織造、精益求精的織娘，又或是一位走投無路、即將被沉重工作壓垮的織娘，她就會抬起手來，幫她們一把。

之後，她去巡視桑田，她去摘採桑葉，她去餵養蠶兒，她去抽紗紡線，她監督人間的植桑飼蠶，她指導人們的織布紡紗，她允諾增進織造染色之技藝，她協助開發各色布品繡件。在孤寒的夜裡，她點燃星辰將織機照亮，然後，織布。

首先是一段漾著生之喜悅的初春晴空，再鋪墊一段塗布著茂盛綠意的夏日豔陽；以一段瀰漫著肅殺之氣的秋末天色作為轉折，結束在萬物止息的凜冽嚴冬。織完了朝霞，接著是燦燦藍天下的白雲朵朵；織完了夕陽晚照，然後是漆黑如墨的黔暗夜色。織完了晴天，再來一段皎皎明月映襯著點點星光；織完了雨夜，再來一匹重雲翻滾間或落著團團白雪……日復一日，年復一年，迴旋往覆，沒有盡頭，既已帶不來成就感，也不再有歡快滿

足的時候。

　　這看似恬靜規律、超然物外的神仙生活，在她的感覺裡，也不過是座金絲銀線纏就的精美牢籠。

　　偶然有一天，她撩開遮擋視線的層層雲海，看見地上庸庸碌碌、擾擾嚷嚷的人們，她隨手點了個織娘觀照她的人生，那以生、老、病、死為題，充斥著歡笑與淚水、得到與失去、希望與絕望、沉淪與解脫，何其短促又何其豐富的一生！

　　孰能料想得到，貴為天帝孫女的她竟會為此如痴如狂，不能自已。

　　「哇哇哇哇……」

　　注意到有嬰兒啼哭，她的視線追著那聲音，直到望見一張紅皺了的小臉、以及環繞在那嬰孩周圍的父母親的笑容。

　　「多麼可愛的小嬰兒啊！瞧那眉、那眼，完全融合了父母的五官特色……啊，生命的繁衍真是奇妙無比！」織女輕輕拭去不知何時湧出的感動淚水，食指微動施予祝福，讓那嬰孩繼承母親的所有織能。

　　安排好一切後，織女既滿足又遺憾的嘆了口氣，逐漸盪開的思緒不知為何居然回到那日的天河畔，耳邊也隱約響起一陣歌聲……

　　「殿下，今天天氣真是好得令人心神舒爽，戾氣

全消啊！」記憶中，那天陽光溫煦，清風徐來，在天河內滾動流轉的星辰光華隱隱。她的一位婢女仰著頭享受拂面而來的微風半晌後，笑得有如純真的孩童。

「戾氣？原來妳也知道自己私底下是怎樣一副凶暴的嘴臉啊。」另名向來老成持重的婢女，難得的調侃了句，「我還以為妳平素的凶猛殘暴，是因為修練不夠精純老到，才讓本來面目露了形跡。」

「哼哼，妳就儘管取笑我吧，下次嘴饞想吃肉骨頭時，別央求我在廚房門口替妳把風。」修練千年才得以褪去貓皮、化為人形的婢女，不甘示弱的嘲弄她這位亦敵亦友、本相是隻黃狗的同伴。

「妳——」

「妳什麼妳，比起法力神通我還輸妳不成——」

「妳們夠了沒有！」一名寡言好靜的婢女受不了她們的聒噪，出口喝止道：「這樣吵吵鬧鬧成何體統，沒看到殿下在休息麼。」

鬧事的兩人聳然一驚，趕緊收了張牙舞爪的猙獰面容，萬分慚愧的齊聲告罪：「婢子失禮，請殿下責罰。」

<u>織女</u>此刻正陶醉在陽光灑落頰上的暖融裡，聞言她輕啟眼簾，淺笑道：「無妨，既然眼下手頭不忙，等

牛郎織女傳

妳們抬槓夠了再開始浣紗吧。」她沒有絲毫責怪之意，事實上，她還挺有旁觀她倆鬥嘴的閒情，但眾位婢女表現得彷彿被她嚴厲斥責一通般，滿面羞慚的各自抄起紗線、竹簍悶頭忙活去了。

　　織女將這一切看在眼裡，失落之情頓時襲上心頭。這些婢女跟著她算算也超過千年了，雖然行止間進退有度，卻總摸不準她的真意；雖然她身邊時時刻刻圍繞著一群僕從女伴，實際上跟她相處的永遠只有自己一個人。

　　織女暗嘆口氣，也挑揀了一縈新染的絲線，跪踞河畔親自浣紗。流水波光不住映入眼底，星辰在河底旋來轉去，周遭的一切是如此寧靜祥和，她的心神不由得越飄越遠，於是遲了很久才聽見空氣中迴蕩著一片歌聲，細辨其來源，應是來自天河對岸。

　　「在那遙遠的地方，有位好姑娘，人們走過了她的身旁，都要回頭留戀的張望。她那粉紅的笑臉，好像紅太陽，她那活潑動人的眼睛，好像晚上明媚的月亮……」

　　織女並未察覺自己是如何專注的聆聽那歌聲，只覺得歌者的嗓音沉靜溫柔，能安

撫最浮躁不安的情緒，滋潤最枯槁憔悴的心靈。

是誰唱的歌呢？他是何年紀，長的又是什麼模樣？他是否跟歌聲一樣，期待著一位好姑娘來到他身旁？

織女猛的警覺過來拉回思緒，不再放任自己想像下去──至少身為天人的她不該痴想這些唯有在人間才有可能發生的事情。

但是，在她領悟自己正在做什麼之前，一方親自裁織的絲帕已經離手，隨著湍急的流水逐漸遠離……

深夜獨織的織女滿腦子都是那塊在天河波濤裡載浮載沉的絲帕，繚繞耳際的盡是那不知名歌者的溫柔歌聲，任她無論如何想方設法都不能驅離。最後，她放棄追究原因，半是懊惱半是羞澀的問向自己：

「萬一那條繡著對對鴛鴦的手帕被人撿去了，還誤會妳動了凡心、奢望愛情什麼的，這可怎麼得了？妳可是天人啊，都清心寡慾幾千年了……」

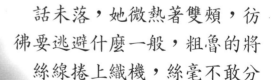

話未落，她微熱著雙頰，彷彿要逃避什麼一般，粗魯的將絲線捲上織機，絲毫不敢分析正在胸中醞釀發酵的那些情緒，究竟象徵著什麼樣的意義。

※　　　※　　　※

天似穹廬，籠罩四野，遼闊悠長的天河像一條銀色絲帶，蜿蜒流過平坦的大地。天河西岸，蘆葦如野火般恣意生長，一頭頭精壯結實的牛隻穿行過白茫一片的蘆花，緩步踏入天河，將身子浸入沁涼河水只餘牛頭露出水面，溫馴的眼眸流露一派舒服自得的光采。

　　「呦咿，呦咿，再往前靠一點，後頭還有牛兒要下水喲！」一名濃眉大眼、氣質樸實的牧牛人赤足站在及膝的水中，手持長鞭在虛空中連連舞動，發出警醒意味的咻咻聲。「四隻腳都要踩穩啊，萬一拐了膝蓋，那痛啊，包你好幾天嚼不下青草。」

　　又再吆喝了一陣，見牛隻一一安頓好了，他抓起汗巾胡亂抹了幾把汗濕的額頭、頸項，隨興的在河畔大石上躺下，將汗巾攤開蓋在臉上，遮擋陽光。

　　聽說前幾天有凡人划著船，循著天河登上了天，也不知最後去了哪裡。雖然不曉得那人心裡盤算著什麼，但他平生最寶貝的就只有這些辛苦養大的牛兒，不管哪一隻被偷去拐走，他都會心痛很久的。

　　存著這份自覺，即便他閉上雙眼偷閒假寐，兩隻耳朵

仍警醒的留意著周遭動靜，不敢有絲毫鬆懈。

「牽牛，大太陽底下睡懶覺，好悠哉啊！」

突然，一個爽朗精神的聲音在腦後響起，牽牛一驚，翻身坐起，「是你啊，金牛星官，怎麼有空來這呢？」他上下審視那不知是何時現身的魁梧男子，漆黑晶亮的大眼裡滿是歡迎的笑意。

「不就閒來無事，乾脆過來探訪你囉。」金牛星官頭戴牛角金冠，動作瀟灑的在牽牛身邊盤膝坐下，指指沐浴河中的天牛們說道：「同樣都是養牛，為什麼人間的牛總比不上你手底下的這些健壯呢？」

牽牛靦腆一笑，一邊組織想法一邊解釋道：「我猜那是因為這些牛兒的前身是人間萬中選一、專門養來奉獻給天帝的牲牛，先天條件本來就比較好，不管我怎麼養，樣子都差不到哪裡去。至於您負責的那些人間的牛，不管毛色、性情、體質、骨架，水準一開始就參差不齊，照看起來儘管更耗心力，結果卻無法盡如人意了。」

在金牛星官的印象中，牽牛是個只管悶頭做事無視外界變化的人，難得見他一臉認真的比較了天上人間牛隻的優劣異同，不禁大笑著拍了拍他的肩膀，「你我相識也好幾千年了，怎麼你這老實認真的性格一點長進也沒有，這樣我會很擔心的。」

「不過是個看牛的，身分如此低微，還會有什麼陰謀詭計落在我身上，星官不用多慮。」牽牛笑得開朗，但眉梢眼角一絲藏得很好的無奈與黯然，卻逃不過金牛星官觀察入微的眼睛。

「是誰委屈你了？說出來，老哥哥我想法子幫你出氣。」一句話還沒說完，金牛星官已氣憤的挽起了袖子。

說起金牛星官與牽牛的交情，那可真是由來久遠。自遠古時代人類馴養了牛隻以來，牽牛郎挽著牛兒一前一後耕鋤田壟、漫遊水邊的畫面，就是人間最尋常的一處風景。即便換到了天上，這樣人與牛相互依偎的深厚感情依舊不變。

但讓金牛星官暗自立下「以照顧牽牛為己任」之誓言的，乃是緣於千百年前他所面臨的一道劫難。當時人間爆發了嚴重的牛瘟，其疫情之慘重幾乎讓家牛與野牛通通絕了種。儘管主管牛隻繁衍存亡的他為挽救疫情竭盡了心力，牛兒還是大批大批的染病、死亡，讓他驚駭並沮喪自己的無能為力。

倘若人間再也沒有牛隻，要這金牛星官何用？就在他決定以身相殉的時候，牽牛急惶惶的趕到了，肩上還扛著個用繩索捆得結結實實的青白色軀體。

「這是什麼？」金牛星官的佩劍還架在脖子上，

茫然的看著繩圈中央、面目猙獰可怖的青白人影，一臉恍恍惚惚不知所以。

「還有臉問我這是什麼？這麼快就投降了，你怎對得起所有將性命託付給你的牛兒——還想跑？我若讓你跑了我就是豬！」牽牛難得的破口大罵，用力扯倒了試圖逃跑的怪異俘虜。

深吸口氣，牽牛將俘虜往金牛星官懷裡一推，使個眼色命令他將人看好後，屈起手指捏了個法訣，喃喃誦念起咒語。

一時間，狂風呼嘯而來，濃雲翻滾蔽日，牽牛的聲音乍聽之下低微模糊彷彿隨時將被風息吞沒，凝神細辨才發現它竟是字句分明堅定無比繚繞在耳際。

那繩索以肉眼無法察覺的速度，隨著咒文將繩圈越縮越緊，直勒得那俘虜的雙臂陷進了身體，一張臉青得發黑，豆大汗珠因著痛楚流下額角耳際。

「痛！放開我，你要我做什麼都可以！」受不住折磨的俘虜終於哀聲懇求：「我可以幫你施咒害人，我可以幫你吸取精力，我可以幫你散布瘟疫——」

「我只要你召回疫鬼，不再殘害下

界牛群。」牽牛厲聲說出條件。

「就這樣？」俘虜忍著痛楚咧開了一嘴獰笑，「我以為你會乾脆除我性命，從此天下不再有牛瘟蔓延橫行……」

牽牛沒好氣的回答道：「我小小一名牽牛郎，怎奈何得了與天同壽、大名鼎鼎的疫癘之主伯強大人您呢？只要您高抬貴手饒了牛群這次，我就解開繩索放了您，當作一切都沒發生過如何？」

「沒想到小子你年紀輕輕，倒還清楚事情的利害關係。也罷，我就賣你個面子吧！」疫癘之主輕蔑的笑著，眼底閃過一絲狡獪，心道：只要哄得你解了捆仙索，以這人間之大之廣，看你再上哪逮我去？到時，別說是牛，就是馬、羊、豬、狗、雞，甚至人類，我也是一條性命都不留！

打定主意後，他大嘴一張，像風箱般用力的吸氣。

只是眨眼間的事情。肆虐人間無數日夜的猙獰疫鬼們一一放棄身下行將倒斃的牛隻，猶如溯源的鮭魚般循著疫癘之主的氣息飛騰而來，毫不遲疑的縱身躍入他等待已久的血盆大口中。嗖！嗖！嗖！嗖！很快的，所有聽命於他的疫鬼都已返回他肚子裡。

「小子，你要求的事情我已做到，現在輪到你了。」疫癘之主一聲大喝。

「是，是。」牽牛應聲捏起另個法訣，誦念另個咒語。

「咦？」疫癘之主原本是一臉算計，但在感覺繩索越發收緊時臉色大變，怒道：「你騙我！你說會放了我的！」他大吼，他抗拒，他掙扎，身體卻不受控制的在繩索的收束壓力下縮得越來越小、越來越小，直到最後被他所輕視的牽牛郎倒扣在一只三寸高的瓷瓶裡。

「真的很對不起，但在金牛星官將人間的牛兒繁衍到原來的規模前，只得委屈你在瓶子裡待著了。」牽牛滿懷歉意的用力塞緊瓶口，上了封條，緊繃著的眉頭總算鬆了開來。

「牽牛，你什麼時候……」金牛星官猶豫又躊躇，不知該怎麼將滿腹驚喜及疑問說出口。他認識牽牛太久太久了，牽牛手底下有幾斤幾兩重他自是清楚，退一萬步來說，即便牽牛有能力查明造成此番牛瘟的元兇是誰，要想抓住這位疫癘之主，單憑牽牛個人的實力實在是希望渺茫。可如今事實擺在眼前，疫癘之主被牽牛捆縛了、拘禁了，圓滿解決此次人間牛隻滅絕的危機，他作夢也想不通牽牛的本領何時精進到這個

地步。

「很簡單，我去向<u>太上老君</u>求來捆仙索與法訣，趁那疫鬼休息時將捆仙索往他頭上一套！」嘿嘿笑著，<u>牽牛</u>憨厚老實的臉上竟有幾分得意。

「但<u>太上老君</u>豈會這麼慷慨援助，二話不說出借寶貝，還授你法訣。」<u>太上老君</u>是天界三清之一，地位比<u>天帝</u>還高，<u>金牛星官</u>實在難以想像<u>牽牛</u>竟會認識這麼尊貴偉大的一號人物。

<u>牽牛</u>臉上的得意更盛了，襯得那張年輕的臉龐越發光彩照人。「我是沒這份榮幸認識<u>太上老君</u>啦，但他座下的那頭青牛跟我感情可好的。我把下界的情形跟青牛說一說，牠很義氣的帶我到<u>老君</u>跟前求情，就這樣，一切搞定！喔，忘了跟你說，困仙瓶還是<u>老君</u>主動借給我的，他擔心這疫癘之主一旦逃出生天，馬上就竄回人間繼續興風作浪跟你作對，所以特別交代我將疫癘之主裝進瓶裡送過去，他要好好管教管教他。」

<u>金牛星官</u>聽著聽著，眼眶不禁紅了。他知<u>牽牛</u>是不想他在意，才將事情經過說得無比簡單輕易。可他<u>金牛</u>在天上當了這麼久的星官，怎會不明白就憑<u>牽牛</u>的牧牛郎身分，不知要託多少關係、說多少好話、甚至提供一些好處，才能打動守城的天兵天將放他入京。再說那<u>太上老君</u>的青牛個性向來倨傲，又豈是單靠「義

氣」二字就能讓牠點頭幫忙。這次他能僥倖度過大劫，牽牛的這份助力、這份情義，可真的是貴重了。

牽牛似是知道他的心緒激動難平，用力給他一個擁抱後，正色說道：「咱們不是哥們嗎，相互幫忙本來就是應該的，換作是我落難，我想金牛你也不會狠下心撒手不管吧。」

是啊，的確如此，倘若牽牛有難，就算攪得天翻地覆他也要助牽牛脫離險境！金牛星官點點頭，眨去眼角泛出的薄淚，不再多言。他與牽牛是兄弟，在人間如是，在天界亦復如是，那些生分客套的話語就不用再提了。

揮去往日回憶，義憤填膺的金牛星官催促牽牛回答：「快說，這次又是誰欺負你了？弼馬溫那混球嗎？」自從花果山的那隻潑猴因護衛唐僧遠赴西天取經，因功封為戰鬥聖佛後，天界的馬群就因接任的弼馬溫不甚認真負責，狀態每況越下。牽牛看不過天馬吃不飽卻又餓不死的慘狀，有事沒事就去幫忙打點一番，久而久之這弼馬溫竟老實不客氣的把他當成奴僕下手來使喚，將自身工作全部摜到他身上。金牛星官只要一想起這事，心裡就替牽牛覺得委屈，要不是牽牛攔著不讓動手，弼馬溫早被他一拳搗翻在地板上了。

牽牛愣了愣，趕緊搖手澄清道：「弼馬溫忙不過來，

我代他照看一下天馬也不過是舉手之勞而已，你不用反應那麼大。」

聽他這麼說，金牛星官心頭的火氣就更旺了。這牽牛，被欺壓得這麼慘了還幫人講好話，真是……領一份薪餉做二份工，這筆帳怎麼算都吃虧啊！

牽牛看他一張臉氣得通紅，只是顧及自己的顏面才沒當場罵出口來，搔著腦袋猶豫半晌後，終於將之前仔細摺好收妥在懷裡的東西拿了出來。「星官，你看一下這個。」

金牛星官怒氣沖沖的接過來，隨便瞥了一眼。

這帕子裁織得倒挺精緻漂亮的……哦，原來如此！

想到這裡，再大的火氣也不禁立刻熄滅了。金牛星官笑得一臉了然，手肘還曖昧的撞了撞牽牛腰側，「這位是哪家的姑娘啊，還不一五一十的說出來，讓老哥哥我幫你上門提親去。」

被這麼一問，牽牛的情緒立即沉了下去。「我不知道。」

「那你哪來的帕子？」

「我在河邊撿到的。」

河邊吶……金牛星官望望煙波浩渺的天河，登時覺得這事不好辦。高樓瓊宇錯落有致

的綿延到天河盡頭，只怕連天帝本人都數算不清究竟有多少神仙眷屬住在天河畔，憑他小小一名星官哪來本事查出帕子的主人。

一旁的牽牛不待他應聲，自顧自繼續說道：「雖然我見識不廣，也沒收過衣服帕子什麼的，但只要不是瞎子都看得出來，用得起這種精緻手巾的女子出身定是高貴不凡，我小小一個牧牛郎豈敢妄想高攀，只是看帕子上的鴛鴦繡得生動漂亮，還是忍不住一陣胡思亂想……」語到後來盡是自怨自憐。

「八字都還沒一撇呢，你少在這邊自貶身價了。」金牛星官對自家兄弟的淳厚心性從來就是讚譽有加，根本不認為會有人拒絕這麼一位忠厚可靠的女婿人選。無視牽牛的躊躇退縮，他只管捧著帕子認真鑽研，最後總算看出一點端倪。

這料子上的暗花紋似乎在哪見過……

金牛星官皺眉苦思，翻攪記憶，突然腦海中靈光一閃。

是了，這帕子所使用的布料，正是去年開春後頭一日上朝時，天帝興致勃勃命宮監從庫房取出來的那款織女親手織就的龍鳳紋錦。

抬頭遙望天河對岸鳳城的所在地，金牛星官心裡已有計較。

牛郎織女傳

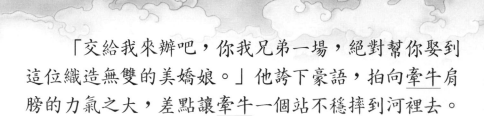

「交給我來辦吧，你我兄弟一場，絕對幫你娶到這位織造無雙的美嬌娘。」他誇下豪語，拍向牽牛肩膀的力氣之大，差點讓牽牛一個站不穩摔到河裡去。

第二章　月老與金牛

俗話說，事不宜遲，打鐵趁熱。金牛星官草草辭別了牽牛，駕起雲頭風馳電掣般徑往天界另一頭的凤縮山天成洞而去。在右腳踏上洞前石階的那一刻，一縷思緒掠過腦海，教他不由自主遲疑了腳步。

這樣不曾捎訊請求同意就登門拜訪，會不會太冒失躁進呢？聽說這天成洞主個性孤僻，不喜接見生人的啊。

瞪著洞口牌匾上黑底金漆的「天賜良緣」四個大字，再想想鞭策自己橫越過大半個天界來到此處的原因，金牛星官說什麼都捨不得放過這次機會，索性就撇開心底的忐忑不安，裝作無事般大踏步邁入天成洞。

「參見星官。主人知您到訪，特命小人在此等候，這邊請。」金牛星官還沒走上幾步，迎面一名童子手提燈籠而來，笑盈盈的引領他往山洞深處走。

既然主人都派人相迎了，想必是不計較他的唐突之舉。

這樣一想，<u>金牛星官</u>就更坦然了，邁開八爺步跟著前方晃蕩不定的昏黃火光，穿過<u>天成洞</u>內狹長黝暗的甬道，直往盡頭處的一片光亮。

　　在踏出甬道的那一刻，<u>金牛星官</u>不敢置信的眨了眨眼睛。

　　眼前是片四面環山的谷地，松柏喬木肆意橫生，一彎小溪波光淋漓，溪畔垂柳迎風搖曳，枝頭翠鳥啁啾，花香滿溢，遍地綠草如茵，群鹿呦鳴，這世外桃源一般的寧靜美地，確實是處仙家避居的好所在。

　　<u>金牛星官</u>嘖嘖稱奇，沿著石板鋪就的林間小徑走到盡頭處的石桌前，拱手為禮：「下官<u>金牛</u>，拜見<u>月下老人</u>。」

　　<u>月下老人</u>擱下手裡繫了條紅繩的泥人偶，慈藹容顏上有抹淡淡的疏離，深邃眸光既似悲憫又似無情，彷彿看透了世上的一切悲歡離合：「星官不用多禮，還請稍坐一下，小子們待會就將姻緣簿送上來。」

　　<u>金牛星官</u>驚訝的一挑眉毛，「<u>月老</u>已知下官來意？」

　　<u>月下老人</u>表情淡然，反問道：「老夫主管天上人間男女姻緣，星官不辭千里到訪，除了探問姻緣之事外，可還會有其他來由？」話未落，他接過童子呈上的姻緣簿，翻到某一頁。

　　「可惜可惜，」一眼讀完簿子上的寥寥數語，<u>月</u>

下老人搖搖頭，遞來一個略帶同情的眼神，「星官您命中注定無妻無子，連勉強稱得上紅粉知己的緣分都沒個影，老夫恐怕是幫不上忙了。不過星官既然位列仙班，想必不會將區區男女情愛、婚姻子嗣放在心裡，老夫就不多嘴多舌了。」他啪的一聲闔上書頁，雖未明白宣之於口，但隱含在行動間的送客意味已經很是明顯。

真糟糕，這樣莽莽撞撞的登門踏戶，終究還是惹怒對方了啊。

心存僥倖只可惜願望落空的金牛星官，這下屁股再也別想坐得住了，驚跳起來一徑兒作揖賠禮：「下官無禮，還請月老息怒。」

月下老人一聲冷哼，丟了姻緣簿，別開視線只管把弄紅繩與泥人偶。

眼看局面已經被自己弄擰成這樣，金牛星官即便心頭快快也只得暫時打消求教的念頭，再三道歉：「下官只是因為牽掛著自家兄弟，才慌頭慌腦的上門求教。現在明白此舉已驚擾您的清修，下官深感不安這就告辭，另日備妥酒菜親自向您致歉。」語畢，他轉身要走。

「星官請留步。」

聞言，有求於人的<u>金牛星官</u>
聽話的收住腳步。

　　手指輕叩著石桌，沉吟片
刻，<u>月下老人</u>終於把注意力放
到<u>金牛星官</u>身上。「看在星官這
番千里奔波的分上，有什麼疑問
就一次提出來吧。」

　　「下官在此感謝<u>月老</u>海涵。」事情出乎意料的有
了轉機，<u>金牛星官</u>掩不住滿臉喜色，趕緊將來意全盤
托出：「下官有位情同手足的好友，他是天河西岸的<u>牽</u>
<u>牛郎</u>……」如此如此，這般這般，將<u>牽牛</u>愛慕某位女
子，而且據他推測，那女子應該是<u>織女</u>的事情說了
一遍。

　　「你這想法倒也有趣，<u>牽牛</u>與<u>織女</u>的身分天差地
別，倘若有緣，還真是令人又驚又喜呢。」聽完了<u>金</u>
<u>牛星官</u>的猜測與意圖，<u>月下老人</u>的眼神一變，難得流
露出一抹興味盎然，「好吧，就讓我們看看他倆是否有
結為夫妻的緣分吧。」跟在他身邊的童子也是機伶，
不待指示就恭恭敬敬的呈上姻緣簿。

　　「河西<u>牽牛</u>是吧……」書頁嘩啦嘩啦的不住翻動
著，好一會兒後才在某一頁停了下來。<u>月下老人</u>讀著
書頁上的記錄，原本淡漠的表情竟緩緩落下了幾分

凝重。

　　金牛星官一顆心本來是七上八下、突突亂跳的，眼看狀況隱隱約約透著幾分不妥，整個人也不禁沉了下來。片刻後，他嚥口唾沫，艱難的追問道：「月老，是我這賢弟沒有娶得織女的福分麼？」

　　「倒也不能這麼說。」月下老人慢悠悠嘆了口氣，「但凡天上人間男男女女，其婚姻緣分的深淺厚薄都記錄在這本姻緣簿裡，一朝由老夫將紅繩繫在這對有緣有分的一雙人兒腳踝上，即便他們相隔萬水千山，身分差距有若雲泥，終究能排除萬難結成夫妻。」

　　「原來如此。」金牛星官恍然大悟，順著月下老人話語裡的暗示，求證道：「那我這位賢弟與織女該是有緣分的吧……」

　　「是的，這牽牛與織女，確確實實有作夫妻的緣分。只要老夫再將紅繩緊緊繫在代表他倆的泥人偶身上，就算是天帝本人也無法阻擋他們結為連理。」

　　「如此甚好！」金牛星官大喜過望，連聲催促道：「那您還不快快行事。」

　　月下老人微微頷首，彎腰從桌下竹簍中挑撿出一對泥人偶，在穿男裝的那尊身上寫下「河西牽牛」，在穿女裝的那尊寫了「天孫織女」，然後將紅繩的兩端分別繫

在兩尊泥人偶的腳踝上。

微風颭颭吹來，輕輕扯動了柳枝，疏疏落落的陰影散落在月下老人臉上，模糊了他嘴角那抹謎樣的笑容。仔細端詳了會象徵牛郎與織女的泥人偶後，他慢條斯理的宣告：「這樣就大功告成了。」

旁觀的金牛星官這時已經笑咧了嘴，晃蕩在他眼前的盡是牽牛一身喜服、手挽織女、滿臉神采飛揚的畫面，「多謝月老費心，回頭下官就以『姻緣天注定』為由，懇求天帝賜下這門親事。」

月下老人不置可否的漫應一聲：「星官儘管隨自己的意思去辦。」他的語氣不知為何竟透著一股淡淡的嘲弄意味，教金牛星官忍不住背脊一陣發冷，隱隱恐懼起接下來會聽到的事情。

「只可惜雖然姻緣簿上記載他倆是夫妻情深、恩愛逾恆，卻也註記了他們命中注定要長年兩地相思、不得聚首！」殘酷的揭露牽牛與織女日後的命運後，月下老人笑得越發諷刺了，「既知後果如何，星官你可還願意做那推波助瀾的劊子手？」

轟的一聲，金牛星官的思緒瞬間炸成滿地碎片。

恍惚中，他聽見有個乾澀粗軋的聲音，問出了他心裡的話：「月老，您主管天上天下男女婚姻緣分，促成了對對佳偶不計其數，怎能在明知牽牛織女聚少離

多、婚姻難諧的情況下，還故意牽成他倆的姻緣？這
根本就是傷天害理，有礙您的聲名。」

月下老人哈哈大笑，笑聲中奇異的揉合了對世事
的憤怒、理解與妥協，「星官啊，你以為這厚厚一本姻
緣簿上有多少樁婚姻是幸福美滿、舉案齊眉的呢？」

金牛星官從未想過這問題，當場被問得一陣錯愕。

月下老人也不指望他回答，自顧自說了下去：「千
萬年以來，老夫牽成的婚姻不計其數，其中好的姻緣
固然不少，壞的姻緣卻更多。你說我看了這許許多多
後該作何感想？從此只牽成好姻緣，無限期擱置壞姻
緣，這樣嗎？反過來想想，不管好姻緣還是壞姻緣，
總歸都是姻緣，你我又是何德何能，怎敢妄自代這芸
芸眾生，決定牽成姻緣與否？就算牽牛織女日後聚少
離多，這畢竟是他們的婚姻，你又何來權力越俎代庖，
斷言他們的姻緣是好是壞，決定他們婚姻的存廢？」

金牛星官愣愣看著月下老人，心中朦朦朧朧領悟
到了一點什麼。

「在看透這些悲歡離合、恩怨愛憎後，倘若你問
我想法，我只能告訴你：縱使聚少離多，縱使天人乖
隔，只要仍將對方的美好記在心裡，只要心中永遠保
存著關於對方的點點滴滴，那便是神仙生活也比不上
的絕妙經歷。」最後，月下老人如是說。

天界，馬廄。

趁著這幾日天清氣朗、風和日麗，牽牛將天馬通通趕到野地上曬太陽、嚼青草，然後在口鼻上圍條毛巾，雙手握著耙子，使勁將馬廄裡混著糞便與尿液的半腐爛稻草，通通鏟到柴車上。

散發著沖天惡臭的稻草又黏又沉，他置身其中也沒幾刻鐘，就沾了滿頭滿臉的臭水與汗漬，腦袋也被噁心的臭氣熏得一陣陣抽搐。

「這種環境有誰待得下去啊，天馬真是太委屈了。」他低聲嘟嚷著，只管為天馬抱不平，渾然不察自己正在幫別人挑擔子，收拾別人分內的難題。

將馬廄刮地皮般的清理乾淨後，他馬不停蹄的運來新曬的稻草，將地板仔仔細細鋪了一層又一層，接著又在馬槽裡裝滿草料，水桶裡的飲水也汲了新的來，這才心滿意足的雙手插腰，扭動鬆弛又酸又麻的脊梁與腰椎骨。

「我就說吧，不管是馬廄還是牛棚，就是要這副清清爽爽的樣子，待起來才會舒服。」雖然全身上下又髒又臭，但左右衡量這面目煥然一新的馬廄，他就亂滿意一把的。望望天色，還不到驅趕天馬回廄的時刻，他便就著腳邊剩下的半桶清水，克難的梳洗起來。

牛郎織女傳

待到一切終告塵埃落定後，天馬群真正的負責人弼馬溫不知從哪轉了出來，賊笑嘻嘻的說了聲謝，「不好意思啊，今天又麻煩你了。」

「哪裡哪裡。」牽牛諾諾應著，思忖該怎麼勸導弼馬溫多放點心思在天馬上。雖然他不介意偶爾過來幫點忙，但若每件事情都要擱到他來才處理，天馬就太可憐了。柴車上那堆臭氣熏天呈半腐爛狀的稻草墊子不就是個現成的例子。

然而搜索枯腸，實在想不出婉轉妥貼不傷人自尊心的說帖，牽牛索性把勸說的念頭扔到腦後，暗自叮嚀自己日後要多撥點時間到天馬這裡。

反正牛馬本一家，也不是多複雜多為難自己的事情，就一併處理了吧。

這麼一想，他反倒覺得渾身上下都鬆快了起來。

「俗話說，好人做到底，送佛送到西啊，牽牛。」

這話怎講？

牽牛疑惑的抬起頭來，一照面就看到弼馬溫衝著自己涎臉諂笑道：「幫個忙，把天馬通通集合起來趕回馬廄吧。」

你啊，怎麼能偷懶到這種地步啊……

不過事到如今，牽牛也懶得

多說什麼了，隨手抄了捲繩索，轉身往放牧天馬的野地走。不出數步，突然聽到背後一聲怒吼。

「好你個不要臉皮的弼馬溫！」碰碰碰碰連聲痛揍，伴隨著幾聲哀嚎響徹雲霄。

牽牛急急回頭，就見弼馬溫已跟金牛星官在地上扭打成一團。

「金牛星官有話好好講啊！」他三兩步衝上前嘗試擠進戰圈，但殺紅眼的兩人早已扭成一團麻花，根本分不出哪邊是頭哪邊是尾，令他無從下手。

「今天我不擰下你的腦袋當球踢，從此就跟你姓！」金牛星官怒到極點，開始撂狠話。

「爺爺我稀罕你這龜孫子哩！」弼馬溫不甘示弱，立刻反將一軍。

兩人怒目對視一瞬，掄起拳頭再次虎虎生風的撲上前去。

「你們兩個是怎麼了，不都是同在天庭當差的夥伴嘛，何必這般殺氣騰騰活似有深仇大恨的樣子。」這廂牽牛在一旁急得團團亂轉，那廂金牛星官身手矯健的趁著弼馬溫一個招架不及，對準他肚子又是連揍數拳。

「唉喲，你還真打，你以為你是誰啊，心情不好去揍沙袋出氣啊！」弼馬溫哀哀痛叫，一擰身仗著動作滑溜，勉強拉開彼此的距離，「你以為我好欺負啊，回頭我一狀告進天庭，非叫天帝扣你餉、撤你職，罰你到毛廁門口站衛兵！」

金牛星官悶不哼聲連番猛攻，狂怒的表象徹底掩蓋了他悲痛欲嚎的心情。是的，他的理智還在，完全明白自己不過是借題發揮，而這弼馬溫只是個在錯誤時間、站在錯誤地點、還說錯了幾句話的倒楣鬼。

無人知曉金牛星官正在心底咆哮著：為什麼像牽牛這麼好的人，偏要遭受與妻子長年分離的痛苦？說什麼「縱使天人乖隔，只要仍將對方的美好記在心裡，那便是神仙生活也比不上的絕妙經歷」，兩地分離就是

兩地分離，見不到面就是見不到面，這樣的夫妻生活還能美滿到哪去？

倘若能夠時光倒流，他多麼希望自己沒多事的催促月下老人幫牽牛繫紅繩，多麼希望自己從沒聽見月下老人那一席話，可惜一切都太遲了，他視若兄弟的人被他的衝動害慘了。

「星官你快住手啊，弼馬溫快被你揍成豬頭了！」

牽牛充滿焦慮與不解的聲音不住鑽進金牛星官的耳鼓，可他蓄意忽略他，只想發洩對自己的不滿與悔恨、對牽牛的歉意與抱屈、對弼馬溫的不屑與憎惡。

「少囉嗦，弼馬溫本來就欠教訓，誰教他老是將工作推到你身上！」隨口搪塞個能出口的理由，金牛星官繼續悶頭痛揍。

終於，被揍得滿頭包的弼馬溫低頭討饒：「好好好，我承認我錯了行不行。天馬的事情今後我會親手處理，不會麻煩牽牛了。」

金牛星官聞言冷嗤一聲，雖然對弼馬溫的承諾毫無信心，但總算收了拳頭。

就在這好不容易宣告騷動平息的當口，牽牛欣慰之情都還沒提起，就感覺眼角餘光捕捉到了什麼。他一個分神看過去，頓時被嚇了一大跳。

湛藍的天空裡，陡然出現一顆巨大的青白色火球，

長長焰尾拖曳過蒼穹。只是幾個心跳的時間，它斜斜往地面俯衝而來，劈哩啪啦的火星炸裂聲越來越響。

「是火流星！」牽牛駭然大叫。

金牛星官驚極反怒：「該死的值日星官幹啥去了，居然沒事先發布警示！」

弼馬溫哆嗦著嘴唇講笑道：「哎喲，這回恐怕會死人的！」

說時遲，那時快，火流星在撕裂大半片馬廄屋頂後，轟隆一聲往後頭山坡地砸出一個百尺深的大洞，揚起一片蘑菇雲狀的浩大煙塵。

三人還驚魂未定，竟看見馬廄上空升起一柱濃煙，原來是那火流星焰尾的火星彈射到馬廄裡的稻草鋪墊上，引燃了火勢。

「快滅火！」眼明手快的金牛星官一聲號令，首先奔向附近的大蓄水槽。

「萬幸萬幸，天馬都還在外頭遊蕩著。」牽牛接過金牛星官遞來的水桶，嘿的一聲傳給弼馬溫。

「我就說，適度的偷懶是有益的。」忙亂的將水

潑向火苗，弼馬溫居然還有貧嘴的閒情。

突然，又是一聲轟隆巨響引得他們循聲四望，駭然發現遠處的雜木林被火流星夷平了大半邊，還立著的另一半也迅速被恣意延燒的火舌吞噬。

「乖乖的隆咚，這不會是世界末日吧！」弼馬溫努力表現得泰然自若，一張薄唇卻已扭曲得擠不出笑容來。

「不好！」一直持續注意天空動靜的金牛星官察覺到天邊一角的異狀，定睛一看驚覺是有更多的火流星飛馳而來。

牽牛已經屏住了呼吸，眼睛直勾勾的追著火流星的軌跡，直到整顆心緊縮成一塊小石頭再也跳不動。

「那個方向……」他不敢把閃過心底的不幸預感說出口。

金牛星官也發現狀況不妙，一把拎起牽牛衣服的後領，縱身躍上雲頭。「我們走！」

牽牛身在祥雲上，心焦灼著，手顫抖著，雙眼瞪著遠方眨也不眨，好似以為只要自己沒有一瞬閉上眼，所有恐懼的事情就不會出現在眼前。

只是事與願違，在他們身側，在他們頭頂，無數顆火流星急掠而過，以雷霆萬鈞之勢撲向了天牛的畜欄所在地。

「一定會沒事的，牽牛，一定會沒事的。」金牛星官再也控制不住手勁，十指緊緊掐著牽牛肩膀，喃喃說著連自己都聽不清楚的寬慰話語。

而在不遠處的前方，轟隆、轟隆的撞擊聲連番傳來，大氣共鳴似的振動著，灰黑的煙塵四散瀰漫，一縷硫黃混著焦肉的氣味竄進鼻腔。

牽牛臉色一片慘白，身體抖得猶如風中落葉，金牛星官雖仍表情如常，雙脣卻也失了血色。

漸漸的，隱沒在煙靄中的地表景色清晰了起來，原本座落著牛棚的地方，只剩幾根攔腰折斷的硬木樁嚎泣似的矗立著，無數碎木片順著火流星撞擊的方向呈半橢圓形噴濺開來，四處散落著焦黑殘缺的骸骨與肉塊。身體半殘的牛隻掙扎著抽動雙腿試圖翻身站起，僥倖逃過死亡的牛隻撕裂了皮肉、流淌著鮮血，在修羅地獄一般的災難現場蹭著四蹄哀聲低哞。

「怎麼會這樣……怎麼會……」牽牛渾渾噩噩的踏上飼育了無數天牛的豐美草地，不明白為什麼在這樣的慘劇以後，大地的面貌依舊平靜如常。

「牽牛……」耳邊傳來金牛星官抑止不住的哽咽，教牽牛的視界不知不覺暈了開來。

「哞……哞……哞……」

熟悉的聲音越靠越近，牽牛恍恍惚惚抬起頭，看

見一頭牛兒正不顧傷勢，一瘸一拐的朝著自己走來。

不行，還有很多牛兒等我照顧，不能放任自己軟弱哭泣。

牽牛掙開金牛星官的扶持，用力搓搓頭臉提振精神，然後走向那隻傷了的牛兒，將牠的大腦袋擁進懷裡。

「別怕，最壞的時候已經過去，我來了。」

在最後一絲夕陽餘暉消逝前，牽牛在金牛星官的協助下，將倖存的天牛聚合起來，帶到遠離災禍之地的另塊草地上。

「一共是二十七頭，其中十九頭皮肉傷，五頭瘸了腿……」運用法力照亮周遭環境，金牛星官簡報著情況，不敢細想這碩果僅存的牛隻究竟佔了原來的幾分之幾。

恐怕是十無存一吧……

答案如電光石火般閃過心底。金牛星官偷覷著對方一片空白的表情，暗自惱恨在這個節骨眼上，自己居然擠不出幾句貼心慰藉的言語。

牽牛只管悶頭處理牛兒傷勢，在包紮妥最後一頭傷牛後，出口的第一句話是：「多虧有你，星官。」

不客氣、舉手之勞而已之類的謙讓語句在金牛星官腦中轉了好幾圈，最後他什麼也沒說出來，只安慰

性的輕輕拍了牽牛肩膀數下。至於他好不容易從月下老人那邊打探到的消息，不管是凶是吉都已經毋庸再提。

　　　　※　　　　　　　　　　※　　　　　　　　　　※

　　一波未平，一波又起。牽牛還未從沉重的打擊與傷痛中恢復過來，就有天兵天將傳來天帝的旨意，命他進京上殿接受審訊。

　　放牧天牛不是什麼高難度或關鍵性的工作，自牽牛擔任這個職務以後，數千年來也不曾有人過問他的執勤狀況，今天出了重大死傷後招來上頭的關注，只怕不會是什麼好兆頭。但話又說回來，若能爭取到上級一星半點關愛的眼神，在這牛群急需資源以為治療並重建的時候，將會有很大的幫助。

　　牽牛想了又想，琢磨不出此行吉凶，就找金牛星官過來參詳參詳。

牛郎織女傳

「恐怕大事不妙。」金牛星官黑著眼眶，鐵青著臉，一副連日來都沒睡好的憔悴模樣。「這次火流星襲擊釀成嚴重災情，天帝震怒之餘下令徹查其中是否有人謀不臧的情況，結果怠忽職守的昴宿星官被貶下凡塵歷劫千年，監督不力的十二地支罰俸百年，我等其餘二十七星宿也被處以連坐，除了分擔原屬昴宿的職責外，還要輪流到天宮門口站衛兵。」

原來如此。牽牛同情的瞟了眼金牛星官的黑眼圈。

嘆口氣，金牛星官抱著胳膊，一臉莫可奈何，「連日下來，遭受處分的人員範圍漸廣，一些以前無傷大雅、睜隻眼閉隻眼放過的小疏漏，現在也被翻出來大肆責問了一番。雖然你平素辛勤謹慎，但在這種風聲鶴唳的時候，明天上朝時千萬要多點心眼，免得被揪住小辮子惡整一頓。」

「我會小心的。」牽牛話講得很應景得體，但其實對此並不甚在意。他不過是個牧牛郎，官卑職賤不說，平時奉事也稱得上恭謹勤勉，就算天帝存心找碴，又還能為難他到哪裡去。

次日，玉京，凌霄寶殿。

華貴氣派的玉石走道，高聳筆直的盤龍玉柱，羅列兩側的各級官員，高高玉座上端坐著不怒自威的天帝。

牽牛行畢大禮，氣也不敢喘上一口的，戰戰兢兢

跪伏在大殿上。

「卿是負責放牧天牛的河西<u>牽牛</u>？」

「臣是。」

「卿的牛棚盡毀於火流星之下？」

「是。」

「卿的天牛在火流星的撞擊中，十中去其九？」

「是。」

「火流星襲擊前，卿在哪裡？」

「臣在天馬的馬廄。」

「卿主管天牛，何以逾職擅管天馬？」

「這……」<u>牽牛</u>為時已晚的察覺天帝處分的矛頭已然對準自己，不禁一陣冷汗濕透了背脊。

「卿何以欲言又止？」

清楚不管怎麼回話，結果都不會有什麼不同，<u>牽牛</u>決定一肩挑起責任，只求不要波及弼馬溫。

「臣知罪。」左思右想，很乾脆的承認一切都錯之在己。

高高在上的天帝冷冷哼了一聲，「卿還真是重情重義，只用了三個字就將弼馬溫的曠職僨事*遮掩過去。」

＊曠職僨事：不盡守職責，把事情弄糟了。

　　牽牛聞言倒抽一口涼氣，腦袋不由自主垂得更低了。「陛下聖明。」

　　一片沉默中，唯有天帝指尖一下下輕叩著座椅扶手的聲音。牽牛維持跪姿，靜候懲罰降臨，忐忑不安的心情到了極點後，只剩下一片麻木漠然而已。

　　「卿失職在前，欲掩蓋事實在後，罪名非輕；然綜觀卿之所以兼管天馬，實乃出於一片惻隱之心，卿照料天牛多年，歷屆考核均在優等之列，足證卿確實是位良吏。兩相權衡，刑罰雖難避免，但有緩刑輕判的空間。」頓了頓製造點緊張氣氛，天帝沉聲宣判：「削其官職，貶下凡塵，歷一世磨練，再行官復原職。」

　　還好，不過是到人間被折磨一世，眨眼間也就過去了，比那昴宿星官輕鬆不知多少倍。

　　牽牛鬆了緊繃的神經，叩首應道：「臣謝主隆恩。」

　　「你什麼錯事也沒幹，怎會受

此責罰？」金牛星官聽聞牽牛遭受貶謫的消息，一得空就殺上門去問明詳情。

牽牛那時正慢條斯理的幫天牛換藥裹傷，聞言漫聲答道：「天牛幾乎死盡死絕了，若說這中間我一點過錯都沒有，那也是不符事實。現在被天帝削官貶謫，我是服氣得很。」

「胡扯，明明就是昴宿沒提前發布火流星來襲之警訊的錯。」金牛星官不屑的橫過一眼，明示牽牛不要隨口敷衍他，「你該不會是內疚過了頭，決意藉機自我懲罰一下吧。」

牽牛輕輕一笑，「知我者，金牛星官是也。」

「諂媚我也改變不了你是個傻蛋的結論。」罵了一句後，金牛星官倒也就不再追究此事，轉而挽起袖子協助牽牛處理牛兒的傷口。畢竟倘若有人非得如此才能心裡好過點，他又何苦攔著不讓呢？又沒有人會領情。

悶頭做事好一會兒，金牛星官問道：「你什麼時候下凡？」

「兩天後。」

「有沒有什麼需我幫忙的？」

「就是這些牛兒要麻煩星官代為照看一陣子吧。」撫摸著站在身前的溫馴動物，牽牛有些依依不捨。「數

千年來我與牛兒沒有一日分離，現在我要暫時離開了，不知道牠們會不會不適應。」

「你現在才考慮這個未免太晚了吧。」金牛星官佯怒的瞪他一眼，將敷好傷藥的牛兒牽進牛欄裡。「走前通知我一聲，你我兄弟一場，合該送你一程。」

「多謝了。」牽牛重重拍了下他臂膀，兩人相視一笑，一切盡在不言中。

忙完了事情後，金牛星官起身告辭。牽牛送出門口，躊躇半晌後期期艾艾的問道：「那個……那個手絹……」

金牛星官心中一緊，幾乎是心驚膽跳的等著對方把問題說完。

「其實這種時候提這個很奇怪，就算知道了我也是什麼都不能做，只是……」牽牛頓了頓，幾個深呼吸，微紅著耳根把疑問挑明：「那帕子的主人，星官可有眉目了？」

恨不得永遠遺忘的過錯被當面掀了出來，就像有人在傷口上又戳又撓，實在是難以忍受的煎熬。金牛星官努力壓抑逃離現場的衝動，狀似平常的反問道：「你根本沒見過她，怎麼就這樣傻頭傻腦的戀上了？」

「星官，我再傻氣也不會單憑一方手絹就喜歡上人家。」

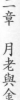

「那你攔住我追問這個又是為什麼？」

「我只是……只是……」吞吞吐吐片刻，牽牛好不容易擠出埋在心底很久的真心話：「我只是在想，那姑娘能繡出那麼細緻，簡直跟真的一樣的鴛鴦，一定是個性子溫柔、心思玲瓏的人。我只是在想，也許、也許她不會嫌棄我粗笨遲鈍，願意跟我說上幾句話……」

金牛星官聞言心底一酸，不忍再隱瞞他，試探性的問道：「假如你跟她雖有緣分，偏偏只能久久才見一次面呢？」

牽牛露齒一笑，竟是無比的歡喜與滿足，「能見面總比不曾見面好，思念對方總比對面相逢卻不識要好，不管是怎麼淡薄的緣分，有緣分總比沒緣分好。」

傻瓜。金牛星官暗自唏噓，無奈的承諾道：「放心吧，等你返回天庭，我一定會助你完成心願的。」

「嗯，那就有勞星官了。」

二日後，牽牛銜命下凡，託身在一戶貧苦農家中。而他親如手足的朋友金牛星官也在得知弼馬溫已早一步投胎到同一戶人家，即將順理成章成為牽

牛的兄長後，毅然私自離開了天庭，成為那戶農家裡新生的一隻小牛犢。

※　　　　　　　　　※　　　　　　　　　※

他去哪兒了？已經好久好久沒聽見他的歌聲了。

織女佇立在天河東岸，翹首望向河面上一片煙霞繚繞。深秋寒風吹掠她單薄輕軟的衣袂，撩起她黑檀般的髮絲，纖細如柳的身姿迎風微顫，脆弱得彷彿不堪一折。

隨侍的婢女在她身後靜靜等待著，直到昏星閃耀在西方的天際線上。「殿下，天晚了，該回城裡去了。」

織女沒有回應，兀自沉默的望向彼方。

婢女們互望一眼，讀出彼此眼中的憂心忡忡與心急如焚。

她們不知道為什麼一向作息正常、深居簡出的主子近日來越來越常徘徊在天河岸畔，也不明白主子眉宇間的憔悴神色何以越來越明顯。

她們只知道主子正等待著某樣事物，只是她的期盼一直落空，眉梢眼角的惆悵傷懷也越來越深濃難解。

不管你是什麼，請快點回來吧——這是她們從未出口的殷切祈禱。

第三章　孤兒牛郎

　　春寒料峭，冰風刺骨。在天色渾沌未開的時分，牛郎悄悄將牛兒套上牛車，牽著韁繩離開家門，前往自家位於前方山腳下的那一畝三分地。

　　轆轆車聲中，早春寒風呼刺呼刺颼過枝椏，無情掃向往來行人。牛郎哆嗦著攏緊外衫，蹬蹬雙腿，想讓身體暖和一點，可就憑身上一件破舊得棉絮外露的夾襖，半長不短勉強包住半截小腿肚的連襠褲，以及腳下一雙自製的草編鞋子，他為抵禦寒冷所作的種種努力注定是要徒勞無功。

　　又是一陣刺骨寒風蒙頭襲來，牛郎被嗆得眼角泛淚，呼吸困難，裸露在外首當其衝的皮膚刀割般的疼。

　　「哞……哞……」身旁的牛兒眨著大眼望向他，眼底盛著滿滿的關切之情——至少牛郎是這麼覺得的，因為自從父母在二年前先後去世，唯一的兄長又將心思通通轉到妻子身上後，普天之下也只剩下這頭與他同一天出生的牛兒會關心他了。

「沒事沒事，好金牛。」牛郎忍著僵冷擠出笑臉，一下又一下拍撫著牠寬厚的肩背，「你冷嗎？我來幫你加件毯子吧。」說著，他從後頭的牛車裡翻出一條用碎布拼接補綴而成的粗陋毯子，仔仔細細的披在金牛身上。

金牛低哞一聲，搖搖耳朵，好似不贊同他這樣做，但牛郎咧嘴無聲一笑裝作看不懂，暗自滿意金牛這副只有頭顱與四蹄曝露在冷空氣裡的樣子。他原本因嚴寒天候而微微打顫的身體，也為這小小的自得而隱約泛起一絲暖意。

走著走著，慢慢來到山腳下一片覆滿薄霜的凍土地。牛郎卸下車轅，將犁具套上牛身，領著金牛緩緩走下枯草滿布的田岸。

「抓緊今天，讓我們倆通力合作，將這田翻過一遍啊！」牛郎嘿的一聲將犁頭插入硬土，兩手扶著犁梢，扯開喉嚨對著前頭的金牛大聲喊道：「走囉！」

金牛彷彿聽得懂人話，應聲邁開四蹄拖著鐵犁往前走；銳利的犁鏵一尺一尺破開地表，將乾硬的表土連同枯乾草根翻捲入泥中，同時將底層肥沃的土壤翻轉到上層。

「金牛啊金牛，這些年來真是辛苦你了，要不是有你在前面牽挽著犁頭，我一人一鋤耕這荒地，可不

知要忙到什麼時候呢。」一人一牛拖著犁具往來耕地實在無聊，牛郎便養成了自言自語的習慣，而他的寶貝金牛也確實捧場，永遠都甩著尾巴搖著耳朵偶爾還會回過頭來望他一眼，一副我很懂的樣子。瞧，牠這下不就又回頭看他了嗎？

「放心吧，傍晚的草料我早準備好了，絕不會餓著你這頭跟我一起喝同樣奶水長大的好金牛。」牛郎樂呵呵的笑著，一腳高一腳低的走在隴畝之中，雙手努力穩住鐵犁不讓方向偏移。

很快的，鐵犁來到田隴邊緣，金牛熟門熟路的拖著鐵犁繞了個半圈，回頭繼續往前走。牛郎搖搖擺擺跟在牠後面，第一千零一次的反省著自己上輩子究竟燒了多少好香，居然能有金牛這樣性子溫馴、身強體健、刻苦耐勞、做起事來駕輕就熟簡直就像聽得懂人話的牛兒相伴左右。

想到這裡，牛郎忍不住奔上前去，抱緊牠的大腦袋用力晃了兩下，「好金牛！我最喜歡你了！」

金牛搧了搧耳朵，看向牛郎的溫柔眸光中透著濃濃的感動，用著只有牠自己聽得懂的語言說道：「好牽牛，即便遭受責罰貶謫人間，受了許多苦楚與折磨，你這知足寬容的性格依舊沒變。」

是的，這隻金牛正是天上的金牛星官投胎轉世

而成！

　　話說自從金牛星官偷偷離開天庭，投身為牛郎家裡的一頭小牛犢後，光陰悠悠而逝，一晃十七年。雖然凡牛肉身令他口不能言，但保留著所有過往記憶的金牛星官早就將牛郎過去已然悲慘、但顯然未來還有更多悲慘等著他去經歷的處境看在眼裡。

　　金牛星官會這麼斷言自然是有他的理由的。

　　作為一名貧苦農家的么兒，牛郎在食衣住行各方面的匱乏是無庸置疑的。當他還是懵懂無知的五歲孩童時，就已經知道要幫忙母親分擔家務，年紀大點後理所當然的跟隨父親下田，栽種莊稼。雖然村裡私塾的夫子曾看在他勤勉好學的份上，教他識得幾個大字，但由於牛郎父親的身體不甚康健，牛郎被迫逐一攬下維繫全家人生存命脈的所有農事，讀書寫字非務農所需，也就默默的被擱下了。

　　至於牛郎的兄長，那個曾是弼馬溫的傢伙，完完全全承襲了其在天界時的懶惰散漫，早早就以出外學商為藉口，跟著一名往來各村做買賣的商人四處行走，非常膽大心安的將照顧父母、承歡膝下的責任丟到弟弟頭上，至於月錢……由於他是當人學徒，老闆除了供吃供住，一個銅仔兒也沒撥給他，所

以也沒半毛閒錢回饋到生他養他的父母身上。

　　<u>金牛星官</u>有時會在心底唉嘆：弼馬溫就是吃定你會全權負責，才敢這麼逍遙自在、我行我素啊，<u>牽牛</u>。

　　雖然看不過弼馬溫的種種行為，但作為一頭普通的人間的牛，<u>金牛星官</u>於此無置喙的餘地，只好自我安慰說：反正弼馬溫在外行為也算安分守己，就馬馬虎虎的放過他吧。

　　如此，<u>牛郎</u>耕著一片田，守著一間破草房，奉養著他此生此世的父母，雖然生活清苦但還算平靜安穩的度過一天又一天。只是，等到父母相繼去世後，這樣的局面就不得不被打破了。

　　<u>牛郎</u>的兄長回家了，同行的還有他的妻子<u>李氏</u>——一名他常接觸的布莊老闆庶出的女兒。

　　<u>金牛星官</u>第一眼就討厭她。

　　雖然他肉眼凡胎，但保有前世記憶的他還是具有一些法力、一點洞燭機先的靈感。在他眼裡，那女子的眼神不正，心思不純，遲早會引來一堆麻煩。而事情的演變果然如他所料。

　　打從進門的第一天，看清楚了這個家

的微薄底子後，<u>李氏</u>三天兩頭慫恿著丈夫說要分家。

「你也要為咱們的孩子想一想，這一畝三分地養活一家三口是沒問題，但未來<u>牛郎</u>要是也結婚生子了，一下子多出這麼多張嘴要養，豈不大伙兒都要餓肚子了。」夜晚睡下時，她總在丈夫的耳邊這樣嘮叨著。

「妳別自尋煩惱了，小弟年紀還輕，離成親還早得很。再說妳何時給我添個小兔崽子啊？爹娘生前我沒做過幾件討他們歡心的事，只好多子多孫，日後祭拜時場面也好看點。」頭一次兩次，做大哥的還能平心靜氣溫聲說理，被囉唆的次數多了後，他一聽這話題就煩得受不了，最後索性兩手一攤，說道：「妳愛怎麼做就怎麼做，只要別再叨念這件事就好。」

得了丈夫首肯，<u>李氏</u>先是旁敲側擊<u>牛郎</u>對未來的打算，然後是拐彎抹角暗示他年齡已大、該離家自立了，接著是明白詢問他何時動身，最後她耐性全失的怒聲質問：「你還要賴在這個家裡多久？你哥哥終年勞苦不過掙得幾個銅仔兒，你怎忍心要你哥哥養你！」

旁觀的<u>金牛星官</u>在心裡大聲為<u>牛郎</u>打抱不平：快罵回去啊，你就老實跟她說，這個家從來就靠你一人在撐，沒有你的耕作，這田早成了荒地；沒有你的修葺，這屋子早被風雨掀了屋頂！

只可惜，前世就口拙勢弱的<u>牛郎</u>，面對大嫂氣勢

驚人的咆哮，吶吶的什麼話也說不出口。

　　「從沒見過這麼死皮賴臉的人！敬酒不吃偏偏要吃罰酒，看我怎麼好好的整治你！」使盡諷刺怒罵等手段還是逼不出想要的答案，李氏袖子一甩，怒氣沖沖的轉身離開了。

　　留在原地的牛郎低垂著頭，不讓人看清他的表情。良久良久，金牛星官才聽得他幽幽一聲：「我只是捨不得……你們是我唯一的家人了……」

　　茅草小屋裡的氣氛自此每況愈下。

　　李氏成天板著一張臉，每次見到牛郎就是將鼻孔朝天，滿臉輕蔑；牛郎的兄長雖然清楚弟弟受盡委屈，但前世就傾向逃避責任的他，這輩子依然沒有長進半分，早早託辭有生意要談，避到別的村鎮不回來了。至於牛郎，既然待在家裡是如坐針氈，他乾脆每天早出晚歸，盡可能減少與兄嫂面對面的時刻。

　　只是，這樣逃避下去也不是辦法……

　　「金牛，晌午了，我們先歇會兒吧。」

　　牛郎清亮的嗓音打斷了金牛星官的沉思，於是他

牛郎織女傳

甩著尾巴跟隨牛郎，回到田岸上的牛車旁。

　　牛郎俐落的攀上牛車，先拎了捆沿路割來的新鮮牧草扔到金牛面前，然後在車上東翻西找一陣掏摸，「奇怪，饅頭明明是放在這裡的，怎麼找不到了……」掀開旁邊一個倒扣的籮筐，驚訝的看到底下擱著一碗紅燒肉拌飯。

　　「誰放的？」話才出口，就憶起昨晚收拾饅頭時，看到灶上溫著一鍋紅燒肉。「難道是大嫂？」這是不是表示她已經想開了，願意和他和好了？

　　正午的陽光曬得人全身暖洋洋，牛郎多月來的鬱悶盡去，整個人都輕鬆暢快了起來。他捧著陶碗，小心翼翼下了牛車，笑得一臉燦爛，「金牛你看，這是大嫂特別做給我的紅燒肉拌飯！」

　　現寶似的將陶碗遞到金牛鼻前，虐笑道：「很香對不對，可惜你不能吃。」

　　金牛星官抽動鼻子，只覺那紅燒肉聞起來令他噁心。豬肉的腥味、醬油的死鹹、紅糖的甜膩……只有凡人才喜歡沾這種葷腥！

　　牛郎似乎知道金牛的不屑，笑嘻嘻的把紅燒肉拌飯收回面前，「別這樣嘛，你只要想這不過是大嫂對我的一點心意，表示她願意讓我這個不成才的小叔繼續窩在家裡，這樣一切皆大歡喜不是很好嗎？」

是哦，我可不敢奢望那女人會有這等寬容慈悲的肚腸。金牛星官有口不能言，遂在心底非議著：那女人在自以為無人注意到的時候，看向你的目光可怨毒著呢，你若問我感想，我會告訴你，那女人恨不得你早死早超生——不會吧！

金牛星官半驚半疑的望向那碗紅燒肉拌飯。平時連牛郎一天吃幾個饅頭都要斤斤計較的女人，今天怎肯這麼慷慨的分他一碗紅燒肉？要知道，這豬肉在農家可是矜貴得不得了，非逢年過節不得吃上一回的。

金牛星官越想越是心驚膽顫，眼看牛郎拿起筷子扒了口飯就要往嘴邊送，他顧不得思考自己的猜測是對是錯，對準目標鼻頭用力一頂！

啪啦一聲，陶碗摔裂，筷子離手，紅燒肉與米飯散了一地。

「金牛，你怎麼這麼不小心，好好的一碗飯被你撞翻了！」牛郎心裡氣惱，口氣自然不會太好。肚子已經餓壞了，偏又只能眼睜睜的看著唯一的糧食被送給了螞蟻與田鼠，教他如何繼續和顏悅色下去。

金牛星官也不理他，自顧自走到牛車邊，伸長脖子往裡頭嗅聞著、尋找著。

　「你在找什麼？」金牛的異狀令<u>牛郎</u>覺得奇怪，乾脆跳上牛車一起翻箱倒櫃。當他掀開角落一張倒扣的畚箕時，竟看到一隻老鼠肚子膨大，口吐白沫，四腳朝天的躺在底下。

　「這是怎麼回事？」話未落，<u>牛郎</u>就已經明白過來了。前一陣子村裡的穀倉鼠滿為患，主管粟米倉儲的小吏於是命人在穀倉角落安了鼠餌，毒死了一批老鼠。他曾好奇的看過那些死老鼠，牠們的死相跟眼前的這隻，幾乎是一模一樣。

　「難道……」<u>牛郎</u>一陣心涼，不敢再想下去，可那明晃晃混雜在死老鼠嘔吐物裡的米飯殘粒，硬生生押著他的頸背，命令他面對現實。

　<u>金牛星官</u>也看到了死老鼠，雖然不感意外，卻也沒料到那女人心腸這麼狠，出招這麼快，手段這麼毒辣。

　一抬頭，<u>牛郎</u>慘白的面容映入眼底，<u>金牛星官</u>痛心之餘，也暗自惱恨自己居然對此無甚著力之處，只能坐視<u>牛郎</u>陷身險遭謀殺的陰影中。

　良久良久，<u>牛郎</u>終於緩過氣來，喑啞低沉的說道：「看來這個家是真的不能再待了……」下意識的看向

四周，這片耗費自己許多時光、許多心血才得以成為良田的祖傳田產，他只覺得一片茫然。

就為了這幾畝薄田，竟不惜下手謀害他的性命？

「哞……哞……」

「我沒事，好金牛。」牛郎回過神來，扯開嘴角擠出苦笑，半認真半玩笑的說道：「一天之內歷經了從希望到絕望、從喜悅到驚駭的心境轉變，這衝擊真的是太巨大了，我心臟似乎不太好，到現在還一直怦怦亂跳。」

感覺金牛將頭顱湊到他肩窩一陣摩挲安慰著，牛郎緊緊揪著的心房終於鬆了些許。

「你說，村裡的許員外會不會願意雇用我呢？」迎視金牛彷彿透著不解的眸光，牛郎忍著心底一下又一下的抽痛，撫摸著牠的背毛，溫聲解釋道：「大嫂是不可能讓我帶著銀錢田產離家的，思來想去，我也只有去拜託許員外租地給我，也好繼續靠耕作維持生計。」

說到這裡，他難掩心裡的不安，自言自語道：「不知道大嫂會不會連金牛都不肯讓我帶走……」

金牛星官看明了他的一臉憂色，非常老神在在的想著：這還不簡單嗎，倘若她留我，我就逃給她追；逃不開，我就躲得讓她找不到！

出人意表的是，一直默許妻子威逼弟弟的那個人，在這件事情上展現了難得的魄力。面對妻子執意將金牛出售的想法，他的語氣雖然溫和，箇中的強硬卻是無人能抗。

「金牛是跟牛郎一塊長大的，現在年齡也不小了，賣不了幾個錢的。感念牠在我們家辛勤工作了那麼多年，若牠想跟著牛郎走，那就順著牠吧。」

就這樣，牛郎跟哥哥嫂嫂分了家，帶著金牛一起去給許員外當佃農，展開了貧困但安全的生活。

※　　　　　　　　　　※　　　　　　　　　　※

夕陽西下，彩霞滿天，牛郎荷著鋤，領著金牛，步伐輕快的返回座落在承租的稻田附近，一間以竹子為骨架，內外敷層稻稈拌黃土，屋頂覆蓋著茅草，看起來無比簡陋寒酸的小土房。

牛郎踩著被夕陽拉長的影子，遙望滿田金黃飽滿的稻穗，想像即將到來的豐年，越發覺得這一人一牛相依為命的日子雖然孤單寂寞了點，但平安是福，上天厚愛他如此，也沒什麼好抱怨的了。

走著走著，還未回到土房，就看到牆角露出一道略顯臃腫的影子。牛郎心底暗叫不妙，才剛動起轉身往回走的念頭，就被來人眼尖的叫住了。

「牛郎啊，你真是讓我一陣好等啊。」王媒婆手

捻紅絹，扭動著絕對稱不上纖細的腰肢，以讓人驚訝的迅捷堵死牛郎的撒退路線。「像你這麼個認真勤奮的好小伙子，能嫁給你的姑娘真是好福氣啊。」

牛郎滿嘴發乾，努力擠出歡迎的微笑，「不好意思讓您久等了，王媒婆，下回您若有事找我，不妨先通知一聲，我也好早點回來。」

王媒婆了然的睄他一眼，伸出食指虛點著他臉頰，笑罵道：「讓你有時間躲到別人家去才是真的吧。真搞不懂，男大當婚，女大當嫁，你好手好腳人模人樣的，怎麼一聽我上門作媒，就逃得跟債主登門討債似的。」

那是因為妳介紹的對象都不怎麼亮眼的緣故吧。一旁的金牛星官沒好氣的翻個白眼。上次是劉家笨手笨腳遠近馳名的女兒，上上次是吳家最愛捕風捉影搬弄是非的閨女，再上一次是許家患了富貴病、每天要吃一隻雞的千金萬金……我家牛郎是哪裡不好，怎麼在妳眼中只配和那些有著致命缺陷的女人送作堆？

牛郎的想法雖然跟金牛星官的不大一樣，但共通點都是還不想娶妻，可這樣的想法在這位鐵了心要「天下男女皆成眷屬」的王媒婆面前，不管說了多少次都只會更加激起她的攻堅欲望，所以他最後也只是乾笑著應聲豈敢、豈敢，然後雙手一攤作出請進的手勢，「進來喝杯茶水歇歇腳吧，想您等了我這麼久，應該

也累了。」

「算你這小子有良心。」王媒婆喜滋滋的抓緊機會登堂入室，一屁股坐上屋裡唯一的凳子，啜口牛郎奉上的茶水潤潤喉後，簡介這次的對象：「村裡開磨坊的蔡家你知道吧，他們家的三千金都是我牽的姻緣，老大嫁給——算了，這不是重點，總之今天我來你這，是要為蔡家的老么說個媒。」

蔡家老么？那廂牛郎還一臉丈二金剛摸不著頭腦，這廂一邊嚼著青草一邊聽他倆對話的金牛星官就已經想起那人是誰了，熊熊怒火瞬間延燒九重天。

妳有沒搞錯，那蔡家老么是個年已十八、傻楞楞連爸媽都還不會叫、成天坐在門口對路人傻笑的白痴！

氣瘋了的金牛星官不禁眼泛紅光，鼻孔翕張一陣噴氣，四蹄又踩又掘著泥地，看起來就是副要立刻衝上去狠狠踐踏敵人一番的模樣。

警覺自己已被當作攻擊目標，王媒婆立刻起身告辭：「我還有事，這就先走了。」她一邊說，一邊退，一個大踏步就到了門口，「你慢慢考慮啊，過兩天我再過來問你情況……」不過一兩句話的功夫，腳步聲就已經消失

門外。

　　一汪寂靜中，夕陽逐漸落入地平線之下，未點上燈火的土房內一片漆黑。牛郎摸索著來到金牛身邊，環抱住牠的脖子，將頭靠在牠溫暖的耳後。

　　「謝謝你……」

　　你我誰跟誰啊，客套話就免了吧！金牛星官低哞一聲，閉上溫潤清明的眼，憂心忡忡又充滿不捨的思忖著：先是李氏為謀家產企圖用老鼠藥毒死你，然後是許大勇那懶漢藉口缺糧交地租誆騙了你一石米，現在又是王媒婆為了賺筆媒人錢三番兩次跟你介紹些亂七八糟的對象……老是有這種居心不良的人接近你，倘若哪天我不在了，你該怎麼保護自己呢？

　　彷彿回應他的心聲一般，牛郎低沉溫柔的嗓音在他耳邊響起：「金牛，有時想想還真覺得自己沒用，總要依靠你護持我，大嫂那件事是這樣，王媒婆這件事也是。」

別忘了<u>許大勇</u>，他是絕不可能將那一石米還給你了。<u>金牛星官</u>沒好氣的頂完這句話後，在心底暗自嘆道：正所謂個性決定命運，你生來寡欲少求不愛與人相爭，在很多人眼中看來就是副老實可欺的樣子，作為你的兄長，我護你是應當，但總不可能護你一輩子。

思緒一轉，想到凡牛壽命不過二十年，自己竟已陪伴<u>牛郎</u>走過十八年的漫長歲月，<u>金牛星官</u>不由得有所感觸。只是，他就算再想保護<u>牛郎</u>，恐怕也保護不了幾年了。等到這頭黃牛的生命走到盡頭，他勢必要回返天庭，重登星位，等閒不得再入人間。

<u>金牛星官</u>心知肚明，私離天界這麼多年，要不是有其他二十六個星宿的星官幫忙遮掩行藏，怠忽職守的他早被天兵天將逮了回去重重懲處。倘若此行最後真能在不驚動天帝或其他神祇的情況下圓滿結束，為了表示自己不是個不知感激、忘恩負義之人，短期內就算<u>牛郎</u>的安危堪慮，他也只能袖手＊作壁上觀＊。

可他真的放心不下<u>牛郎</u>這個傻小子啊，偏生弼馬溫遇事只會裝聾作啞，又娶了<u>李氏</u>那種蛇蠍美人……

心中百折千迴，竟是沒有兩全其美的辦法，<u>金牛</u>

＊袖手：手藏在袖子裡。比喻在一旁觀看而不參與其事。
＊作壁上觀：坐觀成敗，不幫助任何一方。

星官思前想後，只換得一聲沉重的嘆息。

「偷偷告訴你喔，金牛，其實我已經有喜歡的人了。」

什麼！彷彿驚雷乍響，金牛星官電射般抬起頭來，剎時牛郎透著一絲羞赧的端正五官映入他眼簾。

「你也覺得很奇怪是吧，畢竟從沒聽我提過喜歡上了誰。只是這事以前我真的不好跟你說，因為那女子只存在虛無縹緲的夢裡頭。」牛郎將手指插入金牛細密的被毛裡，玩味那溫暖柔軟的觸感，暗自奇怪為什麼會說出這原本打定主意絕不出口的話。也許是環繞周遭的濃密夜色帶來的安全感，也許是王媒婆的拜訪挑起他對妻子家庭的嚮往，又或者只是因為自己一人守著秘密太孤單，希望有個人來傾聽並抒發……

簡陋的門窗篩過月光，銀白月痕灑落地上，恍如天上長河的倒影。牛郎凝望月光反影，緩緩訴說他回憶了成千上百次的夢境：

牛郎織女傳

「我站在大河邊，放牧著成千上萬頭牛羊。大風吹掠，河上波濤翻湧，將一條絲絹送到我手邊。那帕子的料子又軟又輕，變換角度對著陽光看去，可以看到飛龍彩鳳兩種花紋。帕子的四個角落繡著對對鴛鴦，每一隻都栩栩如生彷彿隨時要飛走一樣。夢裡的我問說：『這是哪位姑娘的手帕啊？』然後有個清清冷冷的

聲音回問我：『既然收我帕子，你為什麼不回來？』我舉目四望，不見來人。」

金牛星官聽著他的敘述，心中不禁一陣顫震。

這分明就是牽牛的記憶，難道他對織女用情至深，即便在投胎轉世前喝了孟婆湯，也無法完全忘卻這份前世經歷？

「不知怎的我就是肯定，她已經在大河對岸的城樓上等了我很久很久。」牛郎的聲音漸漸低微，彷彿消溶在一片墨色裡。「雖然從頭到尾沒看見那女子是誰，但我就是知道她的模樣清麗端莊，是出身好人家的姑娘。」

怎麼聽牽牛話裡的意思，竟是非卿莫娶的態勢。但這值得嗎？明明他一次也沒見過對方啊。金牛星官此時此刻的感受，已經不是「震驚」二字可以形容，心念一動，耳邊竟響起了月下老人既譏誚又隱隱透著一抹同情的話語：

「他倆雖是夫妻情深、恩愛逾恆，卻也注定要長年兩地相思、不得聚首。」

可是牽牛和織女又沒成親！

金牛星官心裡反駁似的吼出這句話，登時月下老人的另一句話躍出記憶：

「只要將紅繩緊緊繫在代表他倆的泥人偶

牛郎織女傳

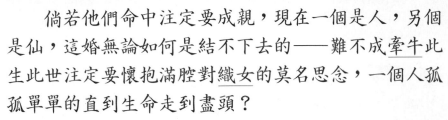

身上，就算是天帝本人也無法阻擋他們結為連理。」

倘若他們命中注定要成親，現在一個是人，另個是仙，這婚無論如何是結不下去的——難不成牽牛此生此世注定要懷抱滿腔對織女的莫名思念，一個人孤孤單單的直到生命走到盡頭？

金牛星官聳然一驚，不敢想像這漫漫長路踽踽獨行的可怕滋味。

還是，有另外一種可能性……

腦海深處有一絲火花閃現。金牛星官的第六感提醒他要小心避過那靈光，以免觸動一些不該存在的事情，然而那靈光似乎自有主張，其畫面在腦海裡是越來越分明具體。

七月初七，有七仙女伴隨織女，入天池洗浴。

彷彿受到某種不知名力量的牽引，金牛星官的視線穿透過窗外一片黑暗，直抵聳立遠方盡頭處的巍峨大山，看見山裡一條盤桓曲折、罕有人跡的小徑。

有條山徑通往山頂，山頂有座天然形成的溫泉浴池。今年的七月初七，天女將臨池洗浴……

金牛星官收斂了無意識間觸發的靈視，萬分確信自己知道事情該怎麼處理。

第四章　命運般的相遇

天河東岸，鳳城。

七名玉貌花容、意態窈窕的仙女，身姿娉婷裊娜的穿過重重亭臺樓閣、花園水榭，直往這座龐大宮室建築群中最尊貴最精巧的宮闕而去。

「參見七仙女。」

「七仙女萬福。」

一路行來，長廊兩側所有望見她們身影的侍女宮監都彎折了腰，低垂著頭，靜待這群身分高貴的仙女們通過；所有虛掩著或緊閉著的門扉一扇接著一扇無聲敞開，恭迎王母娘娘最為鍾愛的七位仙女到訪。

一進入繡房，揮手摒退伺候的侍女後，七仙女中最為年長的紅衣仙女開門見山直言道：「織女，聽說妳動了凡心。」

操弄梭綜的纖纖素手幾不可察的一顫，織女緩緩抬起秋水一般的明眸，清脆有若玉石相擊的嗓音輕聲響起：「紅衣，沒想到妳會聽人磕牙碎嘴。」

只要是心思敏銳點的人自能注意到織女並未否認紅衣仙女所言，更何況在座諸人俱是天仙眾神中首屈一指的八面玲瓏，於是彼此交換了個「傳言果然沒錯」的眼神。

「動了凡心也沒什麼大不了的，最糟的狀況也不過是到凡間走上一遭囉。」靛衣仙女對男女情愛一心嚮往，只可惜一顆芳心從來不曾為誰悸動過，聞言不禁難掩羨慕的追問道：「好姐姐，妳就滿足一下我的好奇心吧，到底是哪家青年才俊有此榮幸，讓妳芳心暗許呢？」

織女下意識躲開七仙女們探究的目光，蔥白玉指在絲線上撥弄良久，低柔的音韻裡藏著一絲落寞，「問這麼多做什麼呢？橫豎他都已經離開了。」

織女的答覆完全出乎意料，七位仙女互望一眼，剎時間有些手足無措。

「別為我擔心，我知道該怎麼處理自己的心情。我只是……」深吸一口氣，織女低聲宣告道：「總之，一切都過去了。」她的語氣有不捨，有悲傷，卻十足十的認真沉肅。

驀地，一人走上前來，「織女，在我們姐妹面前，妳就老實坦率一點吧。」

織女低呀一聲，火速抬起眸光對視一瞬，隨即狼

狽的逃了開去。

「訝異我怎麼捉摸出妳的心事的？」將織女的雙手合在掌心，微弓著上身讓視線與織女的齊平，她輕笑著解釋道：「這又有什麼好驚訝的，倘若妳真能說斷就斷輕易放棄，又何苦將自己逼到這副憔悴疲憊的模樣。」

確是如此。織女尋思著，不禁搖頭嘆笑。她早知以綠衣仙女跟自己私底下的交情，很多心情作態都不可能瞞過她的眼睛，只是，若要教自己當著眾人將一顆心赤裸裸的挖剖開來，她以前沒這麼做過，現在也不會。更何況，她也不確定自己是否真心喜歡上對方，畢竟她從頭到尾也只聽過他的歌聲而已。說到底，單憑歌聲就喜歡上一個人這件事，明擺著就是無稽荒唐，她不認為自己會不切實際到這種地步。

左等右等就是等不到回答，綠衣仙女暗嘆口氣，只得暫且擱下這事，逕自抬手支起織女下顎，細細端詳她的臉龐。「嘖嘖，氣色真差，哪還有我們昔日號稱美絕天下的織女的影子。」說著，她一個響指變出一盅熱騰騰的蔘湯。

「這是王母娘娘聽說妳因為日夜趕著織造宮錦，心力耗竭過度，花容憔悴不堪，特別命我們送來的芝草人蔘湯。」綠衣仙女接過姐妹們代為分盛到白瓷冰

花碗裡的蔘湯，柔聲哄誘道：「妳就先喝了這碗湯，就算待會天塌了下來，也有我們陪妳一起頂著。」

「綠衣……」對方都已經把話說到這個地步了，織女再鐵石心腸也不可能無動於衷。兩片粉嫩櫻唇些微張翕著，心湖激盪的她不知該說什麼才好。

「自家姐妹就不用客套來客套去浪費時間了。」作事向來講求效率的紅衣仙女不待織女把蔘湯喝完，單刀直入正題：「先說說妳是怎麼認識他的吧。」

「呃，認真說來，我並不認識他……」織女的聲音在七仙女看怪物般的驚愕目光中消失得無影無蹤。

「那妳傾心個啥勁啊！」個性最為火爆的黃衣仙女脫口而出，登時將織女激得一陣畏縮。

扔給黃衣仙女一個「妳自制點好不好」的警告目光，綠衣仙女繼續用她哄騙小白兔的溫柔語氣挖掘真相：「那麼，妳是為了什麼而將對方掛在心上？」

「因為……他的歌聲。」話才出口，思念之情便如排山倒海般湧上心頭。憶起這段孤身佇立在天河畔卻再也等不到歌聲響起的日子，織女不禁黯然神傷。

活過千萬年的歲月，就只心動了這麼一次，印象自然深刻，至於那些情啊愛啊，眼下她實在想不到那麼多。畢竟那也不過是一陣歌聲，一陣能撫平她的浮躁、帶走她的愁緒、洗潤她的枯槁心情的歌聲；只要

聽見那歌聲，她可以暫時忽略神仙生活的枯燥乏味，暫時忘卻未來還有無盡的歲月等著自己獨自度過。只是，倘若一切都非關愛情，她這些日子以來的憔悴萬狀又該做何解釋？

突然，一聲混雜了不信與失望的嗓音響起：「就這樣而已嗎？」

「紫衣，休得無禮！」紅衣仙女厲聲喝斥，但這位七仙女中排行最末的紫衣仙女，仗著王母娘娘的寵愛與縱容，早在天宮裡橫行無阻嬉鬧成習，又豈是區區「謹守禮儀」這四字教條所能阻止的呢。

但聽紫衣仙女恍若未聞，繼續發表高見，言語表情裡竟有些許不屑。「我還道是什麼曲折離奇、纏綿悱惻的愛情故事呢。」

「紫衣，妳再繼續口無遮攔就自己回宮去！」

「紅衣，不妨事，其實紫衣說的也是事實。」不想七仙女為了自己搬演一齣姐妹鬩牆的親情倫理大悲劇，織女強忍著悲傷與淡淡的羞怒，擠出個安穩坦然的笑容，對著紫衣說道：「不好意思，讓妳失望了。」

做人這麼憋氣有意義嗎？太累了吧。妳既然傷心，又何必強迫自己繼續笑臉對我？雖然紫衣仙女挑釁的這麼想著，但恣意妄為慣了的心靈竟因為織女眼底的淒楚而抽搐了下，突然覺得自己好像真的說得太過分

了點。

　　撇撇嘴角，她粗聲粗氣的丟下一句：「對不起。」眼角瞥見姐姐們又驚又疑的目光，她齜牙咧嘴凶了回去：「有什麼好奇怪的，我是那種死鴨子嘴硬、抵死不認錯的人嗎？」

　　成功逼得姐妹們收回視線後，<u>紫衣仙女</u>將注意力轉回<u>織女</u>身上，「要不要出去散散心？老悶在家裡，沒病也悶出病來了。」

　　「可是……」<u>織女</u>為難的瞟了眼織機上的半成品。

　　「唉呦，出去玩一圈不會浪費妳多少時間的。」<u>紫衣仙女</u>快刀斬亂麻，一把勾住<u>織女</u>的臂膀往門外拉。

　　「<u>紫衣</u>說的極是。」<u>綠衣仙女</u>掃了一眼繡房裡滿坑滿谷的布匹繡品，霎時領悟<u>織女</u>的憔悴除了情傷外，或多或少也是由於她為了逃避哀傷，將一門心思通通寄託在工作上所致。只是，結果很明顯的，既然寄情工作無法讓她擺脫失戀的痛苦，那就要改弦更張，寄情於遊山玩水之上。

　　「但陛下還等著我送布給他裁新衣——」

　　「哎呦，妳這繡房裡的布品這麼多，回頭隨便挑幾疋送過去交差不就得了麼。」<u>紫衣仙女</u>拉著<u>織女</u>不讓逃開，隨手一招喚來祥雲，載著眾家姐妹一同奔赴她的秘密遊園地。

牛郎織女傳

※　　　　　　※　　　　　　※

　這是座埋在山坳間的雜木林，林蔭下獸跡往來雜沓，林木間鳥囀不曾消停。

　牛郎瞇起眼睛仔細辨認先前在樹幹上留下的記號，小心翼翼的落腳在枯枝落葉藤蔓之中。

　「記得陷阱是安置在這一帶……」細碎微弱的光線下，他循著刻畫在樹幹上的箭頭，往雜木林深處一寸一寸摸了過去，直到隱約聽見某種鳥禽慌亂的撲騰翅膀、咕呱亂叫的騷動聲。

　「太好了，成功捕獲一隻山雞，今晚可以加菜了！」一棍敲昏山雞，用麻繩將牠的翅膀雙足牢牢捆緊，牛郎繼續檢查不遠處另兩個陷阱裡的收穫。

　「果然，好運不會接二連三來到。」將失敗的陷阱重新安置好，誠心施了句從山中獵戶那聽來的能夠迷惑獵物視線嗅覺的咒語，牛郎循著來時足跡，返回那條與雜木林擦邊而過的小小山徑。

　「金牛……我回來囉……」等了等，沒聽到預期中的回應，牛郎心底有些發急，三步併作兩步奔向方才拴著金牛的地方──

　哪裡還有什麼牛！要不是樹幹上的苔蘚被牽繩磨掉一圈，牛郎自己也無法確信金牛就曾經站在這裡。

「穩住！穩住！金牛一定在附近，可能只是繩子鬆開了，牠貪著青草一不小心走遠了。」腦袋稍微一轉，<u>牛郎</u>便已找出最有可能發生也最能說服自己的理由，偏偏一顆心仍失速的跳著，好似與父母走失的孩童般倉皇急迫。深呼吸，拼命深呼吸，命令自己拼命的深呼吸，努力從混亂脫序的思維中理出一絲頭緒。

　　「昨晚下了點雨，這沾了濕氣的地表一定能留下金牛的腳印……」說著，他從各個角度觀察地面，好不容易才發現在前方一處枯葉堆上，有被重物擾動的痕跡。

　　「是了，金牛定是從這邊走過去。」忍著心焦，屏除沓至紛來幾乎要將理智淹沒的種種關於金牛安危的可怕設想，<u>牛郎</u>跟著時斷時續的足跡往山上走。

　　「金牛你千萬要保重，我這就來接你回家了……」絮絮叨叨，無休無止，所有含蘊著祈求意味的字眼，隨著他的步伐散落在荒無人跡的山林裡。

　　途中，當牛郎蹣跚越過山脈稜線時，不經意間感覺有抹斑斕色彩閃過眼角。一瞬間，心臟彷彿被重重一擊，他的視線緊緊追隨那蝴蝶飛舞般絮然飄落的軌跡直至崖底，於此同時的是有抹不知名的情緒悄然升起，緩緩將心裡的焦躁憂慮徹底掩去。

　　　※　　　　　　　　　　　※　　　　　　　　　　　※

牛郎織女傳

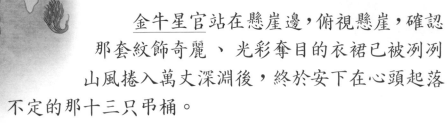

　　金牛星官站在懸崖邊，俯視懸崖，確認
那套紋飾奇麗、光彩奪目的衣裙已被列列
山風捲入萬丈深淵後，終於安下在心頭起落
不定的那十三只吊桶。

　　失了天衣，織女就暫時回不去天上了。

　　順利完成計畫中的第一步，金牛星官自我肯定的
同時，不免生出許多心虛。

　　當織女發現衣服不見的時候，不知會是怎麼樣的
緊張焦灼。雖然自己幹下這等低級沒品的毛賊勾當只
是為了替牛郎製造一個與織女面對面的機會，賭一下
月老所說的「姻緣天注定」的威力，但換個角度來想，
當事人織女從頭到尾都不知道有個人暗戀著自己，冷
不防被他硬生生的逼到臺前面對一個陌生人，難保她
不會因此惱羞成怒，當場讓他的牽線撮合變成棒打鴛
鴦……算了，事情做都已經做了，也只好靜觀其變了。

　　金牛星官不再多想，躡手躡腳離開天池，準備進
行下一步驟：把牛郎引到天池這邊來。

　　話說天門的啟閉是以太陽的起落為基準的；每天，
當第一縷晨光映照在玉京宮殿的琉璃瓦上時，天門打
開，當最後一道夕陽晚照消逝在宮殿大庭的長廊上時，
天門闔上。在一般的情況下，天人神仙們必須趕在天
門關上前回到天庭，遲了就是犯了天規，即便是天帝

鍾愛、<u>王母娘娘</u>看重的<u>織女</u>與七仙女也不能例外。

　　<u>金牛星官</u>回想一下方才自己在巨石陰影的掩護下，偷偷取走<u>織女</u>的天衣時，曾經聽見的女子嬉戲的聲音。

　　以那種熱烈勁兒來看，她們應該會在這裡留連盤桓直到最後一刻，才會發現<u>織女</u>的天衣已經消失無蹤。屆時，即便七仙女有辦法取來第二件天衣，也趕不及在天門關上前送到<u>織女</u>手上；<u>織女</u>將被迫留在天池過夜，他的好兄弟<u>牛郎</u>也就掙得了一次與意中人相處的機會。

　　接下來，就是祈禱事情會順著自己的計畫，一步步往前推進……

※　　　　　　　　　　　※　　　　　　　　　　　※

　　<u>織女</u>靠坐在天池畔的白玉臥榻上，看著眼前喧鬧歡快的七仙女們，暗自納悶自己怎麼會糊裡糊塗的跑到這裡，跟她們瞎攪和在一處。

　　也不是說旁觀他人玩樂的時光很難熬，只是不自在而已。畢竟在過往數千年的生命經驗裡，從來沒有發生過這樣的事情，尤其……

　　垂頭望了眼自己身上薄薄一層

的裡衣，織女紅熱著臉，越發想不通自己究竟是哪根神經錯亂了，居然被紫衣仙女哄得脫下天衣，一同下水嬉戲。

不過……老實說，在卸下那層名為羽翼實為束縛的天衣後，一直沉甸甸壓在心頭的窒悶感瞬間消失了，讓她感受到前所未有的自由。貌似一隻嬌養在金絲籠中的鳥兒，除去了約束著自己的牢籠。

織女恍然一笑，默默感謝起嬌慣又霸道的紫衣仙女。若不是她不由分說硬拉著自己來此，又獨斷獨行的剝去自己半件衣裳，天知道要到何年何月自己才能放下身段，享受到這等難得的自由暢快感。

「織女，妳休息夠了沒有啊，快下來跟我們一起玩啊。」一顆纏繞著鮮花與絲帶的彩球應聲落到織女面前。

俗話說，既來之，則安之，既然機會難得，不妨敞開胸懷徹底的享受一回。織女拾起彩球，綻出一個明燦絢麗的笑容，起身步入天池。

玩樂的時光總是過得特別快，當霞光染紅天幕時，她們終於依依不捨的整裝返程。

「咦，我的天衣呢？」

隨著這聲驚詫，七仙女四散開來東尋西覓，只差沒把附近所有兔子窩螞蟻洞通通掘出來瞧一瞧。

牛郎織女傳

結果，沒有就是沒有！織女的天衣竟就這樣在她們的眼皮子底下失蹤了——好啦，或許她們玩瘋了，沒人留心注意過衣服的狀況，但她們是什麼人這裡又是什麼地方，不可能有任何神明或凡人會蓄意對她們作出這樣無禮的事情。

　　混亂之中，橙衣仙女首先注意到最後一抹殘陽即將消逝在地平線那頭，「糟了，天門要關了！」

　　「織女的天衣還沒找到，我們不能撇下她說走就走。」所謂長姐如母，紅衣仙女不允許自己放棄任何一個該當保護照顧的人。

　　「不然我的天衣先借給織女，讓她先跟妳們回去，明早妳們再過來接我。」綠衣仙女有些自責，難得一趟出遊，好不容易引得織女心情開朗了點，怎麼會一個不察丟了天衣，讓美好的天池洗浴之行有了不美好的結尾。

　　「不能再拖了！」紫衣仙女展開靈視，看見天兵天將已經開始關上天門，登時急得都快哭了出來，「王母娘娘昨天才說過，我若再犯一次規矩，就要罰我待在房間裡禁足三個月。反正我絕對絕對不能留在這裡過夜。」

　　一片紛亂中，織女也不知自己哪來的勇氣，只感覺好像冥冥中有某種推力，驅策她做此決定：「妳們先

回天庭，我留下。」

「可是——」

「沒有可是了，快走！」釋放出天帝孫女所特有的凌厲威嚴，眸光輕輕一掃，無人能夠違抗織女的旨意：「走！」

「臣遵旨。」七仙女斂衽正容，「殿下請小心，明晨天門一開，臣等立刻來此接引。」語畢，七道霞光沖天而起，搶在天門完全闔上前趕回天庭。

織女的視線一直追著七仙女們的動向，見到她們平安抵達，糾結的心情總算鬆了開來，有餘裕感受自身的處境。

天地寂寥，雲霧蒼茫，彷彿遺世而獨立。山風滾動著煙靄，像下雪一般將天池埋沒，織女靜立著任那霧氣逐漸包裹住自己，然後全身放鬆，假裝正躺臥在軟綿綿的雲朵中。

驀地，一絲不安扯亂了她心弦，肌膚敏感的察覺到空氣中隱隱浮動著不安，鼻端也似乎嗅聞到災禍的氣息。

織女施法變出一套外衫——不是天衣，只是一套可以遮身的普通衣裙。

「老話一句，既來之，則安之。」她瞪視暗影中若隱若現、好似存在又好似只是她的錯覺的某種事物，

這麼說。

「可不可以先說一下，我們的目的地究竟是哪裡啊？」

天色將夜未夜，景物朦朧難辨，<u>牛郎</u>燃起火摺照亮昏昧，步履蹣跚的踩著石塊，爬上陡坡。雖然知道金牛不會說話，但在莫名其妙悶頭爬了二個時辰的山，從密林到山溝，從獸徑到草坡，行至無可行之處，拐個彎，披荊斬棘手腳並用，再繼續往不可行之處推進後，他實在憋不住滿腔的疑惑了。

「金牛，不回答沒關係，但先讓我確定一下，明早回程，你找得到路——」

「哞……」

「呃，好吧。」<u>牛郎</u>認命了，咬緊牙關，勉力攀上一處格外陡峭的土坡，山頂上一圈由雪白大石組成的巨石陣頓時映入他眼中。

瞬間，心跳變得劇烈，體溫驟然升高，呼吸急促紊亂。不知為何，<u>牛郎</u>就是覺得那巨石陣正在向自己招手，呼喚自己向它靠近。

「哞……」

一回神，看見金牛關切的望著自己，<u>牛郎</u>深呼吸穩定情緒，一馬當先走在前頭。「走吧，讓我看看你帶來什麼樣的驚喜。」

還沒走出幾步，前方一聲低叫驚破了寂靜。

　　牛郎胸口急劇一跳，當下灑足狂奔過去。他不曉得自己在緊張什麼，恐懼什麼，只感覺心臟彷彿被緊緊捏住的痛。面對二人高的巨石，他想也不想腳下用力一蹬，雙臂攀住石頂用力一撐，竟就順利躍過巨石，看見前方水池旁有隻白額吊睛巨虎指爪怒張著威嚇一位姑娘。

　　來不及驚訝或害怕，他瞄準巨虎腦門丟去兩顆石頭。

　　「吼──」巨虎一吃痛，咆哮著掉轉方向，怒目鎖定這個膽敢打斷牠獵食的人類，齒爪銳利森然，肌肉緊繃蓄勢，微伏作攻擊姿態。

　　牛郎刷的一聲抽出柴刀，橫刀而立，膝蓋微屈，眼睛眨也不眨的緊盯巨虎。

　　「吼──」

　　「小心！」隨著這聲女子的嬌叱，巨虎一躍而上。

　　迎戰巨虎，牛郎的手很穩，心很定，全身氣力灌注刀身，掌握巨虎撐開前肢撲上前來的那一瞬空檔，用力砍了過去。噗滋一聲，刀尖陷入肉體，插進肋骨間隙，刺穿某樣結實彈性的東西；他的手腕一撐一拔，溫熱血液霎時從刀口噴濺

95

第四章　命運般的相遇

出來。巨虎掌爪重重搭在他肩上，氣息粗重的掙動抽搐片刻，終於無力的滑下。

瞪視腳下靜靜倒伏的龐大軀體，牛郎的胸膛急促起伏著。在危機解除之後，他才發現自己做了件理論上絕無可能發生的事情。他，居然一刀宰了一頭老虎！

「多謝你救了我──」

牛郎聞聲心頭大震，猛一轉身，一張既陌生又熟悉的臉龐登時映入他眼底。

是了，就是她！那在夢中送他手絹的人！牛郎激動不已的想著。

織女亦愣住了，直覺說道：「我應該認識你。」但她明明沒見過這人啊。

懷著這樣的驚訝與疑惑，兩人對目而視，時間一點一滴的靜靜流逝著。

咕……咕……咕……

猛的回過神來的牛郎急急摀住大唱空城計的肚子，尷尬的問道：「姑娘肚子餓了嗎？」

織女略一思索，點了點頭。

「讓我生個火，免得晚上再有其他野獸靠近。我身上只有幾個麵餅，也許不合姑娘口味，但山上無處買吃食，天色又已經暗下，沒法找野果野菜……」邊說邊生火，牛郎暗自奇怪：這麼美麗、看起來是好人

家出身的姑娘，怎會獨自待在這荒山野嶺上呢？莫不是撞邪遇鬼了吧？

　　想是這麼想，不曾做過虧心事的牛郎倒也坦然，大方的解開背囊掏出麵餅遞給對方，又將早上逮著的山雞脫毛去臟用樹枝串著插在火堆旁。

　　織女把玩著粗硬的麵餅，凝望火光對面的那張臉孔，捉摸著心頭那抹飄忽不定的溫馨。真是不可思議，明明沒見過這人，怎會感覺分外熟悉？還是他是哪位仙人下凡歷劫，因緣際會救我一命？

　　「姑娘果然吃不慣麵餅。」

　　織女一抬頭，看見對方笑得困窘，想了想，掰了一小塊麵餅入嘴，仔細咀嚼一番後，「吃起來還滿香的。」

　　那年輕的臉龐瞬間亮了起來，光彩煥發令她不能逼視。她有些心跳加速，不禁別開了眼眸。

　　「肉熟了，沒有鹽調味，應該不大好吃，只好委屈姑娘將就一下了。」

　　一隻雞腿應聲遞到眼前，織女看著那滴著油漬烤得金黃焦香的腿肉，有些犯難。「呃，我不吃肉……」

　　「那我就自個兒享用了。」那青年倒也不在意，收回雞腿開懷大嚼起來。

　　是一個老實坦率、相處起來很輕鬆

的人呢。<u>織女</u>突然好奇起來，「我該怎麼稱呼你呢？你怎麼會到這天池畔的？你家裡是做什麼的？你多大了？」說到這裡，她驚覺自己太過唐突，「不好意思，我多問了──」

「我叫<u>牛郎</u>，是我家金牛帶我到這裡來的。」他爽朗一笑，解除她的窘迫，然後極有耐心回答了她的問題，包括應她請求，唱了幾首村裡傳唱的古調。

是了，就是他，那個在天河對岸唱歌的人。

感受著那彷彿可以拭去一切寂寥，撫慰所有疲憊的歌聲，<u>織女</u>垂下視線，掩飾眼角晶瑩閃爍的淚滴。原來他之所以離開，是到這凡間歷劫來了啊……

然後呢？消了疑惑，解了相思，明晨就跟著七仙女回到天上去，繼續過那無滋無味無喜無歡的神仙日子嗎？

<u>織女</u>望著火光，逐漸陷入了恍惚。

「咳咳，我可以問妳一個問題嗎？」

<u>織女</u>應聲調回視線，看見火光掩映下的他。他的眼睛明亮澄澈，他的臉龐大方爽朗，他的氣質樸實敦厚，是個可以被託付終身的人，只可惜那個託付終身的人，不會是她。

<u>織女</u>淡笑著，腦海思緒翻湧，滿心酸甜苦辣。「請說。」

「姑娘的家在哪兒呢？倘若不嫌棄，明早我送妳回去。」牛郎鼓起勇氣，觸碰這個將奇遇打回現實的問題。

「想打發我走了？」

「當然不想。」排開滿懷的不捨、無奈、憂心與悲傷，牛郎硬是扭出個不好看的微笑，「但總不能繼續讓妳一個姑娘家留在這個荒郊野地。」

織女揚眉笑問：「不怕我是山精鬼魅，誘你送我回家，然後一口吞下肚？」

牛郎也笑了，「被妳吞下肚又怎樣呢？橫豎我跟妳是在一起了。」

織女心一驚，抬眼望去，不慎跌入那對認真的眸子裡。

「你我才剛結識不久……」不要那麼輕易就喜歡上一個人，不要喜歡一個不知底細好歹的人，不要不計代價喜歡上一個注定要離開的人……她的思緒無比混亂，不知該怎麼表達。

「但在我的夢裡，已經結識姑娘很久了。」

織女聞言一愣，落在牛郎身上的眼神既疑惑又好奇。「怎會？」

牛郎扔把枯枝進火堆，注視那跳躍不定的火光，嘴角緩緩勾起一抹笑容：「從小我就作著一個夢。在夢

牛郎織女傳

裡，我撿到一條非常精緻的絲絹，上頭繡著對對鴛鴦。我對著大河彼岸大聲問道：『這是哪位姑娘的手帕啊？』然後有個聲音回答我：『既然收我帕子，你為什麼不回來？』」

織女聽到這裡，再也掩不住心中的動搖。她還記得當時的心情，那是一種在無邊無際的寂寞絕望後突見一線光明，於是希望藉由一方手絹，為雙方建立起一絲微弱的聯繫。但她怎麼也想像不到，手絹真的被他收到了。

牛郎轉過臉，認真的望向她，「說出來或許姑娘會笑話我，甚至責備我太失禮冒昧，可我還是要說，在我頭一次聽見姑娘聲音的時候，我就知道姑娘是我夢裡的那位女子。所以，不管妳是人，是鬼，我都想跟妳在一起。」

真是，這麼傻氣而又坦率的一個人，怎讓人忍心

拒絕呢？織女靜靜笑了，作出決定。

　　她牽起他的手，回視他的目光，回應他的請求：「那麼，我就留下來了。」

　　望著他瞬間綻開的一臉喜意，她笑著補充：「還有，我不是人，不是鬼，而是天上的織女。」

　　次晨，當七仙女攜著天衣急惶惶的趕到時，在天池畔等待她們的僅剩一封信柬。

　　「紅衣姐姐，上面寫了什麼？」綠衣仙女焦慮憂心了一夜，又左張右望找不著織女身影，神色不免萬分不安慌亂。

　　「織女，不回天庭了。」紅衣仙女三言兩語說明重點。

　　「怎會！」綠衣仙女奪過信紙，只見織女娟秀的筆跡寫著，她遇見了一心等待的那個人，決定與其結廬在人境，常伴朝朝與暮暮。

　　「織女，妳怎麼那麼衝動，那麼傻！」綠衣仙女輕斥一聲，心底卻隱隱有抹說不出口的欣喜。

　　「真是令人羨慕，在這池邊捱一夜，心上人就出現了。」很有少女情懷的靛衣仙女捧心嘆息：「要不，今晚輪我在這睡一晚好了。」

　　「妳少胡亂生事了。」紅衣仙女橫過一眼表達不悅後，著手思考善後處理工作。

「紅衣姐姐，我們要去找織女嗎？仙人私下凡塵滯留人間是犯禁的，一旦被發現——」

「藍衣，難得織女開心，就讓她荒唐一回又何妨。」黃衣仙女意外的十分有成人之美，率先表達立場：「老看她窩在繡房悶悶不樂，妳們心不酸，我酸。」

「誰說要去勸織女回來的，我第一個跟她拼命。」紫衣仙女是唯恐天下不亂慣了的人，嚷嚷著要大力支持。

橙衣仙女悠悠一聲嘆息：「其實只要她開心，這天規什麼的，也就罷了。」

「紅衣姐姐，妳的想法是？」注意到長姐尚不曾表示意見，綠衣仙女小心翼翼的詢問道。

紅衣仙女一彈指燃起火焰，將信柬焚成灰燼。「就依織女的意思吧。」

「多謝姐姐成全，我在這裡代替織女謝謝妳了。」綠衣仙女喜得抓住紅衣仙女雙手，一陣上下胡亂搖動。

「先別急著開心，我們得先好好合計合計，該怎麼幫織女掩護形跡，該怎麼幫她把工作職責交代過去，不要讓人得知她不在崗位上的消息。」說著，紅衣仙女已開始動起腦筋。

第五章　分離的序曲

　　牛郎攜著織女返家後，立刻在村中耆老的見證下舉行了小小的儀式，兩人正式結為夫妻。他又翻出壓箱底的一點積蓄，幫織女張羅了織布機、繡花繃子，從此男耕女織，相互扶持，平靜的生活中自有甘美的韻味。

　　由於是私下凡塵，織女不敢施展法力引來注意，總只織些尋常慣見的素面縑帛，繡點簡單樸素的花鳥蟲魚，但堂堂一位主管針黹紡績的女神豈是浪得虛名，同樣的東西讓她做來硬是比別人速度快、品質好，再加上那栩栩如生的精湛繡功，很快的就有識貨的商賈找上門來，專為收購她的織物繡品。

　　牛郎的努力也不落織女之後。他每天起早趕晚，盡心呵護承租的那幾畝田，還在小屋附近的空地種了瓜果蔬菜，圈養一些小雞小鴨小牛小羊。也許是天公疼憨人，這三、四年來風調雨順，災患不興，他的稻田收成驚人，不但繳租自用兩不誤，還有多餘的糧食

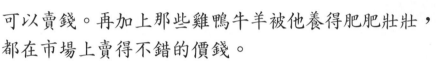

可以賣錢。再加上那些雞鴨牛羊被他養得肥肥壯壯，都在市場上賣得不錯的價錢。

　　如此，在兩人的努力經營之下，這個小小家庭的經濟上了軌道，很快就有餘錢去修葺房子，購置家具。最後他們甚至還有能力把牛郎耕作的那幾畝田買下，從此無須將收穫的絕大部分拿去繳交地租，盈餘的累積也就更快了。

　　彷彿要在他們的喜悅上增添更重的一筆，在牛郎織女成婚第三年的夏天，他們首先迎來了長子，次年，織女順利產下一名女嬰，徹底完滿了這個家庭。

　　但是，陽光再耀眼，陰影依舊存在。對牛郎來說，金牛的日漸衰老是他心上最憂鬱、最沉重的地方。

　　「夫君，今晚你還要陪金牛嗎？」用過晚餐，織女跟著牛郎來到牛棚，幫著整理暫時睡臥的草榻後，輕聲叮嚀道：「夜裡多少睡一下，不然明天下田你會撐不住的。」

　　「嗯，我知道。」牛郎拍拍妻子的手臂，看她眼角一抹疲憊，不由得滿心歉然，「這些天就妳一人照料孩子，真是苦了妳。」

　　「都是自己的孩子，還談什麼苦不苦的呢。」織女恬靜一笑，眸光溫柔得好似掐得出水。

「倒是你，又要下田又要看顧金牛，我才擔心隔幾天金牛病好了，換你累倒在床上。」

「不會的，我會斟酌自己的情形的。」說著，<u>牛郎</u>傾身在<u>織女</u>頰上落下疼惜的輕吻。「快去休息吧，金牛這兒有我照看著。」

<u>金牛星官</u>氣息奄奄的躺在稻草鋪墊上，斜睨<u>牛郎</u>與<u>織女</u>相互體諒慰藉，再一次覺得自己走這一趟人間確實值得。

突然一口氣堵在喉頭上不來，他重重咳了幾聲緩過氣，清楚的感覺氣力正隨著呼吸吐息逐漸耗竭。

最多再拖個二天，這身牛皮就穿不住了。冷靜的估摸著死期，<u>金牛星官</u>接受這個答案之餘卻有一絲不捨。下次再與<u>牛郎</u>見面，可將是幾十年之後的事情了。

「金牛，你可要振作點，堅強點，不要輸給病魔啊。」

<u>金牛星官</u>努力睜開睏倦的眼，混濁的眸子呆滯的落向一臉擔憂焦慮的<u>牛郎</u>。

生死有命，聚散有時，執著什麼？他很想告訴<u>牛郎</u>，分離只是暫時的，將來他們會在天上重逢，繼續做兄弟，可是溢出喉頭的只是一連串粗重的喘息。

「金牛，你別說話，好好休息，等你病好，想說什麼我都會仔細認真的聽。」說著說著，<u>牛郎</u>的語尾

發顫，好似哭泣。

這半年來，金牛衰老得很快，年前還能拖犁下田，年後某天忽然拉不動牛車，很快的就連最愛的新鮮嫩草都嚼不動了。雖然牛郎隱約明白金牛的日子無多——金牛今年已經二十四、五歲了，折算成人壽，早屬古稀之齡——但是兩人同甘共苦了一輩子，金牛之於他的意義已不只是一頭耕牛，更是他的朋友，他的家人，比血緣上的兄弟更親。他從未想過有一天金牛會遠離自己而去，於是在面臨那不可避免的結局時，除了茫然無措，還是茫然無措。

牛郎的心情金牛星官怎會不懂，他低喟一聲，傾全力糾合瀕臨崩散的神志，施展法術。

睡吧，睡吧，我的兄弟，讓我對你說幾句話。金牛星官低聲詠唱著，將牛郎哄入夢境。

和風細柳，草長鶯飛，無數牛羊穿行平野。

站在高處東張西望，遍尋不著熟悉得彷彿滲入骨血中那一頭，牛郎不禁一陣心慌，雙手圈在嘴邊，揚聲呼喊：「金牛，你在哪裡？金牛──」

「我在這裡。」

一個從未聽過的爽朗聲音響起，牛郎急急轉身，看見正當盛年的金牛毛皮光亮，款款甩動尾巴，模樣

好不神氣。

「你病好啦，外表看起來也精神許多，真是太好了。」牛郎喜得要一把抱住金牛，卻因牠火速退後一步，抱了一個空。他不解的一抬頭，看見金牛一臉鄭重的望著自己。

「牛郎，我們時間不多，你且靜下心來，聽我說句話。這麼多年來，你對我殷殷照撫處處關愛，我一直心懷感激。」憶起過去日子裡的點點滴滴，金牛不禁笑得有些感傷，「我知道你捨不得我，但天下無不散的筵席，是到了該當分別的時候了。」

「金牛，你怎麼說這話，我們要一直在一起的，我們會一直在一起的！」牛郎一縱身撲上前來，用力抱住牠的大腦袋，「你若走了，再有人來欺負我怎麼辦？還會有誰為我站出來主持公道？還會有誰把我吃虧看得比自己吃虧更嚴重？我們一直是在一起的，你怎捨得拋下我？」他本能的知道金牛最放不下心的是自己，所以要採取最弱勢的姿態，逼金牛許諾永不離開。

「傻牛郎，你我心知肚明，我的日子也就只剩這麼幾天了——」金牛又退了一步，止住牛郎的張口欲辯。「別再打斷我，我有很重要的事情交代你去辦。」

「你說，我一定會做到。」牛郎胡亂扒去滿腮的淚，應允道。

「我死後，你剝下牛皮收起來——」

「我不能——」牛郎煞住聲音，十指急張要抓，卻驚駭的發現金牛身影正一點一滴的從指縫間流逝。

「看來，我的時間到了。」感覺有某種力量撕扯著自己的魂魄，要將靈魂與肉體兩兩分離，金牛把握最後一刻，交代心願：「我的肉身就麻煩你燒成灰，埋在屋旁的槐樹下，我想看著你、織女，還有小娃兒們，快快樂樂的過下去……」

「金牛！」牛郎一驚而醒，撲身金牛臥鋪前，摸索牠的心窩。

心口雖還暖著，心跳卻……卻沒有了。

牛郎的眼淚撲簌簌掉了下來，「金牛，方才是你臨去前強撐著一口氣託夢給我，是嗎？」努力嚥下堵在喉頭的梗塊，他一字一句承諾：「我會遵照你的遺願，將你的皮剝下收好，將你的肉身燒成灰埋在樹下；你的魂魄儘管去該去的地方，我會帶著織女、孩子們好好過日子，並且永遠將你記在心上……」

在門柱背後的陰影裡，織女靜靜守候著，不去驚擾這對摯友的離別。

※　　　　　　　※　　　　　　　※

小雪初晴，天地萬物間一片白皚皚，氣氛無比寧

靜恬淡。田間小徑上，一排細密腳印蜿蜒向前，直到盡頭處一戶尋常農家。

「這牛郎，日子倒過得挺舒服的。」李氏嬌脆的嗓音裡摻著幾分苦澀，明晃晃的陽光照向她的額頭眼尾嘴角，突顯了沉重的生活壓力所烙下的痕跡。

她瞇著眼，挑剔的打量這紅瓦覆頂，白堊粉牆，軒窗舒朗，收拾得十分乾淨整齊的屋子，再回想一下自己家裡那因著丈夫個性懶散馬虎，屋頂上的茅草爛光了也不換，現在是屋外下大雨屋裡下小雨的情況，妒忌之情頓時有若潮水般浮上心頭。

「莫名其妙就帶了個女人回來，來歷不明，身家不清，還生得那麼標緻，該不會是那座深山裡的狐狸精變成的吧。」她咬牙切齒的想著村裡多少婦道人家仰慕那狐狸精的繡花絕技，想著自家那口子時不時誇讚弟婦真是宜室宜家，還三番兩次登門託關係、希望能獨家販售她的繡品，一口氣越發在心頭堵得慌。

無意中掂了掂肩上包袱的重量，滿心除了妒意外，又生出了些說不清道不明的情緒，憋得她一肚子氣悶，難受得緊。

「不過是幾件繡品、幾頭牛羊，哪來那麼好價。」酸酸澀澀的貶斥一句，卻欺瞞不過自己的良心，更何況自己今日到訪的目的就是為了代替外出經商的丈

夫，將三七拆帳後的貨款交付給她曾經萬分輕視的牛郎。

有時想想，命運擺弄人的方式著實充滿諷刺。她斷定是個累贅的牛郎，其勤快認真在村裡卻是人人誇讚的，而她貶之為「狐狸精」的小嬸，其繡品之搶手也是有目共睹的，這包袱裡沉重的銅錢串與碎銀子就是鐵錚錚的證明。反觀自己的那口子，貪懶、散漫、耽於安逸，被她逼急了就搪塞一句「生活過得去就夠好了，何必終日汲汲營營」，十足淡泊物慾的模樣，骨子裡其實是對什麼都漫不在乎，即便油罐子在眼前打翻了都不會伸手扶一下。

她當初真是瞎了眼才會看上他！

作為庶出的第四個女兒，李氏在娘家裡的地位甚是尷尬。大娘因為無子，不得已讓丈夫納了二門妾室，而這庶出的七名子女裡只有承續香火的獨子是寶貝，其他的身分地位無異於丫鬟奴僕。為了逃離那個不把庶出當親生看待的家庭，她相準了那個常到自家布莊批貨、衣著看起來還算整齊光鮮的小商販，使出渾身解數誘得他拜倒在自己的石榴裙下，本以為可以藉此脫離苦海，孰料竟是從一個火坑跳到另一個火坑。

第一眼看到未來的「家」時，李氏懊惱得幾乎把一口銀牙咬碎。這麼破敗

簡陋隨時都有可能倒塌的屋子，她過去從來沒見過；一聽家裡唯一值錢的就是那幾畝薄田、而且還要跟小叔對半分時，她更幾乎暈了過去，滿腦子都是在窮困裡苦苦掙扎的黑暗未來。

不行，她可以將自己拉出泥沼一次，一定也可以拉出第二次。她一定要想出辦法，徹底將這些雞肋般的寥寥家產掌握在手裡。

然而，在她用言語、用行動，將牛郎徹底逐出家門後，才為時已晚的發現事情完全不是自己預設的那樣。她的丈夫外出走商長年不在，她一個女人家做不了多少農事，不得已將田地租人耕種，藉此換得日常所需的米穀。但一日三餐光有米是不行的，其他的蔬菜、肉類要從哪邊來？買現成的，家裡沒這麼多銀錢，真的親身去種菜抓蟲、餵雞養鴨，三天兩頭還要背著籮筐四處撿拾柴火後，她才恍然明白牛郎曾經一手包辦了多少工作。

事到如今，說後悔已經太遲。她把握丈夫難得閒坐家中的時候，使喚他做這做那處理所有她力有不逮的家事，結果卻因他偷懶馬虎已成慣性常常不盡如意。看看牛

<u>郎</u>小巧堅固整潔的家，想想自己棲身的那間風一吹就牆板動搖的破房子，她真是難受得連心都要嘔出來了。

「伯母，您來了啊。」

<u>李</u>氏回過神，低頭看去。那是個七、八歲大的男孩子，生的是脣紅齒白、五官靈秀，手挽著同樣模樣長得極好的小女孩。

是<u>牛郎</u>跟那狐狸精的孩子。<u>李</u>氏心底一抽，笑容便更透出幾分苦澀。

這又是她的另一處心病了。成婚十餘年，肚皮一點動靜也沒有，走在村裡老覺得人們背對著她指指點點、說些有意無意的閒言閒語，三天兩頭還有人登堂入室專為打探她丈夫納妾新娶的可能性。

不行，絕對不行！她絕不能讓自己淪落到大娘的悲慘境地。無子，乃休妻的七大理由之一，為了不被丈夫離棄，忍痛讓其他女人分享自己的丈夫，這樣的屈辱她說什麼也嚥不下去。

想到這裡，<u>李</u>氏強作鎮定擠出和善的笑容，「爸爸媽媽在家嗎？我有事找他們。」話未落，注意到跟前這對玉人兒的衣衫，

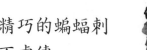

她好奇的蹲下身，指尖劃過男孩衣角上精巧的蝙蝠刺繡，不得不讚嘆那狐狸精的繡藝果然名不虛傳。

咦，這布料似乎不大一樣……

感覺手中的觸感異於平常，出身布莊、對自己眼力頗有幾分自信的李氏，越發湊近頭臉，細細檢視那布料。

不是棉布，不是絲綢，握起來柔滑遠勝絲衣，捂著保暖有若毛皮，這世上怎會有這等料子！

驀地，一絲靈感浮現腦海，李氏趕忙祭出自己最平易近人的笑臉，打探道：「這身新衣好漂亮啊，是媽媽做給你們的嗎？」

小男孩不疑有他，面帶得色的回道：「嗯，連布料都是媽媽親手織出來的，說是天上天下，也唯有我們身上這麼兩件喔。」

小女孩不甘寂寞，一旁補充道：「媽媽還說，要不是想讓我們穿新衣、過好年，她根本捨不得將本領拿出來。」說著，她原地轉了一圈，笑問：「伯母，衣服很漂亮對不對，我在村裡沒看過比這更好看的。」

「確實是沒有比這更好看的了。」得到想要的消息，李氏笑得更加親切和藹了，「你們大伯託我帶貨款過來，說是快過年了要趕快把銀錢結清，方便你們爸媽買辦年貨過個好年，可現在說了半天話還不見他們

115

影子，想必是不在家吧。」

小男孩小女孩老老實實的點點頭。

真是天助我也！李氏喜得在心裡一彈指。兩個小孩兒身量有限，費的布料肯定不多，剩下的應該還在房中，就待她去尋它了。

「伯母家裡還有事，沒空在這乾等了，這貨款我就放到屋內櫃子裡，等你們爸媽回來，千萬記得跟他們提提這件事。」嘴裡正經八百的交代著，她撇下兩名孩兒，腳步匆匆入了房門，隨手將包袱扔進錢箱後，心跳飛快的繞著家具牆壁四下搜尋著。不一會兒，她就在牆角織女整理得井井有條的布匹繡件堆中，找到了她想要找的東西。

但是東西的體積有點龐大惹眼，該怎麼帶走呢？

李氏躡手躡腳走到窗前，偷偷露隻眼睛往外看。太好了，兩個孩子手拉手到瓜棚底下玩兒去了。

眼見機不可失，李氏一把抄起布料三步併作兩步衝出大門，「我先走了。」語畢，不管他們怎麼想自己，她飛也似的趕回家去。

聽說這幾年蠶絲歉收，就連在天子腳下的京城，絲綢也是奇貨可居。像這樣非絲非棉、卻又比絲綢舒適保暖的布料，若能找到門路售予高官貴族，所進何止斗金？接下來，只要能好好運作這筆資金置辦家產，

經營出一番局面，幾年過後，就算丈夫懶散刁頑，就算自己腹中無出，這村裡、甚至縣裡，還有誰能看輕了他倆？又還有誰能不顧她李氏的顏面，背地裡說三道四，還強要登門作媒說親？

然而，即便李氏的算盤撥得劈啪作響，俗話說得好，萬事起頭難，就算布料就擺在手邊，這銷售的門路又該找誰鑽營去？

想了又想，最後她偷空回趟娘家，將自己的想法與布料轉呈給父親知曉。在贏得了他老人家難得的誇讚與肯定後，李氏越發覺得自己是個擅於審度時勢掌握機運的第一等聰明人。

※　　　　　　　※　　　　　　　※

京城北郊，有座漢白玉築成的高高祭臺，是天子祭天的所在。

這天，當第一聲鳥鳴喚醒晨光，將石板欄杆階梯樓臺映成一片薄透的藍時，祭臺上的青銅香爐燃起香煙裊裊，檀香木製的几案擺上杯盤幾盞，裡頭盛滿了鮮花素果、絲線細布，而那位齋戒沐浴以示虔敬的人間帝王就在這一片肅穆中洗手焚香，撩起衣襬長跪軟墊上，低眉斂目誠心祝禱。

禱畢，禮成，將敬告上天的表文投入香爐燒成灰燼後，宮監宮女靜默無聲的收拾果品供物，各式用具

亦回歸庫房。

　　庫房裡，小太監跟在管事的老太監身後，在一座又一座的木架櫃子間慎重核對各式器皿的數量。忙碌過後，小太監端來茶水，半恭敬半討好的捧到老太監面前，「總管大人請用茶。」

　　「嗯。」接過茶盞，啜口清茶，感覺芳馥茶湯從咽喉一路暖到肚子裡，老太監終於放鬆緊繃了好幾天的神經。斜睨小太監的吞吞吐吐半晌後，好心情的他啟口說道：「想問什麼，就問吧。」

　　「謝謝總管大人。」小太監樂呵呵的謝了又謝，才將悶在心底大半個月的疑惑說出口：「小的只是覺得奇怪，這次<u>江寧織造府</u>進獻的天孫錦確實是奇中之奇、異中之異，可是怎麼只有一匹？通常進貢之物不都要成雙成對嗎？」

　　老太監一邊回想那天孫錦前所未見的質感，一邊回答道：「既然命名『天孫錦』，暗喻其特殊珍貴彷彿天孫<u>織女</u>親手織就，自然只能獻上一匹。只不過……」他搖搖頭，沒再說下去。

　　知道老太監的話還有下文，小太監趕緊添滿茶

水，又到他背後捶肩捏背一陣忙活，「小子無知，還請總管大人您指點指點。」

慢條斯理抿口香茶，老太監不慍不火的問道：「你可知這天孫錦的來歷？」

「不是<u>江寧織造府</u>新近開發出來的織物麼？」

「呵，這你就錯了。」瞇眼享受肩頸肌肉逐漸鬆弛下來的舒適感一會後，老太監總算開了金口：「這天孫錦原本不叫天孫錦，傳說是某個窮鄉僻壤的小布莊店主無意間得來的，幾手輾轉最後送到<u>江寧織造府</u>。織造府的<u>張主事</u>本想拆了布料研究仿製，但就像你說的，天孫錦確實是奇中之奇，異中之異，幾個老資格的織工摸了一大圈連它的原料到底是絲、是麻、還是棉都說不清，卻又擔心若是私藏按下，說不準哪天消息走漏惹來大禍，最後只得安了個好名，獻給當今聖上。」

小太監輕喔一聲，心中隱隱覺得有些不妥：萬一陛下當真下旨要<u>江寧織造府</u>按時進獻天孫錦，豈不又要橫生事端？

老太監瞟他一眼，似是看明了他的不安。沉吟片刻，可能是因為祭祀圓滿結束，心情甚佳，於是又搖頭晃腦的說了下去：「你也別急著煩惱，先回想一下今天祭祀的目的。」

一個口令一個動作慣了的小太監搔搔腦袋瓜兒，邊想邊說：「欸，今天好像是為了上表天帝，有關人間蠶事不順，織造廢弛⋯⋯喔，我懂了。」

　　現在回想起來，一切都顯得不符常理。當今聖上登基至今的十多年來，天下四方難得的連年風調雨順，無災無患，百姓豐衣足食，家家夜不閉戶，堪稱本朝有史以來最太平興盛的時候。可就是在這樣歌舞昇平的年歲中，有種異象靜悄悄的蔓延開來。

　　禍事初始的徵兆非常隱微，不過是市井間偶爾有人抱怨蠶卵孵不出幼蠶、蠶繭抽不成絲線、生絲染不上顏色，總之，不過一些微不足道的小事。

　　然後，漸漸有耳語聲傳開，訴苦當季的絲線不堪用，勉強織出來的縑帛俱為下品，某個曾經織工雲集、紡織業鼎盛的地區，竟無聲無息的沉寂了下去。

　　一年一年下來，怪異之事一件接著一件越演越烈。春蠶死盡，夏蠶不吐絲作繭，災情從一縣之地逐步擴散到本朝全境，情況嚴重的某些地區一般婦女甚至已無絲線可用，而受限於貨源青黃不接、品質良莠不齊，很快的就連專業織工也織造不出往昔的美麗綢緞。

　　這種單向而全面的緩步退化，最後在今年止步在一個句點上：以絲綢聞名的東方大國竟連帝王本身也再無新製的絲綢可用。

究竟該如何是好？隆冬裡，朝廷的各級臣工交頭接耳議論紛紛，居然束手無策。民間百姓的消息有限，只片面的聽說了某地的絲線減產，所以某地的絲綢斷貨，但在訊息與權力相交的端點，這個王朝的政治中樞，不管是不是直接與蠶桑紡織有關的官吏，都知道情況已經惡化到無以復加的地步。

　　自從上古炎黃時代就已開始，彷彿血液般流淌在民族的記憶裡，以蠶絲為原料的紡織業，難道就這樣斷絕了嗎？

　　不，絕不。但面對天子的怒聲喝問，臣子們面面相覷，就是無計可施。

　　眼看事情即將以無數人頭落地作為收場的時候，負責觀察星象的欽天監上殿稟告：「啟奏陛下，微臣夜觀天象，發現織女星黯淡無光，推測該是天孫織女不在其位。」

　　然後就有了今日的大祭。

　　「這天孫錦雖然稀罕珍奇，但在此等非常時期，除了充作供品，誰會有心思當真拿來裁製衣物。」老太監緩緩下了結論。

　　說得也是。小太監方才安下心，突然又意識到一個疑點。「小子曾偶然聽聞其他公公提過，現下絲綢奇缺，就算有也是粗劣無比，但這天孫錦如此不凡，感

覺材質亦非絲非棉……大祭的效果再好，總不可能立竿見影，但皇帝陛下的衣衫龍袍可是需要按時令做新的，或許該派人出去好好探查天孫錦的來歷才是。」

的確是個不失機伶的好小子，再磨個幾年，這位子或許就是他的了。老太監滿意一笑，隨意揮揮手要他儘管去施展手腳，然後就靜靜品茶不再多言。

※ ※ ※

天界，玉京，凌霄寶殿。

天帝頭戴冠冕坐在玉座上，背部輕輕鬆鬆靠著椅背，手肘隨意的搭在扶手，向來凌厲威嚴的眼眸深處閃動著一絲柔光。

今天，天帝的心情似乎很好。

列隊殿前、屏氣凝神準備依序奏報各項政務的官員們，在摸清楚最高領導者的情緒後，無不暫時鬆了口氣。

很好很好，至少今天能無差無錯平安渡過。這麼一想，大殿原本僵冷肅穆的氣氛，頓時有了幾分暖意，有些資淺一點的臣子甚至沉不住氣的在嘴角洩了一點笑意。

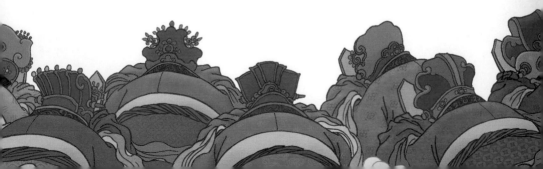

不過，仔細思量下來，天帝還真的沒有不高興的理由。自從當年他老人家藉著火流星事件，將整個朝廷翻來覆去徹徹底底整頓過一遍後，如今還有哪位官員膽敢敷衍塞責、渾水摸魚了事？而既然所有朝臣均兢兢業業、奉公守法，不管天界人間又有哪一方不是井然有序、太平安康？如此相互反饋之下，例行公事變得更加例行，而非常偶爾才會發生個那麼一兩次的小狀況，就變成一成不變的神仙生活裡難得的調劑了。

眼下不就來了一椿嗎？

就在眾臣努力掩飾的好奇視線中，一名天曹使者雙膝跪下，將一卷文書高高捧至額前。「啟奏陛下，人間帝王有表文一件，供品若干，恭請陛下檢閱。」

好心情的天帝輕揚下顎，示意內侍將所謂的表文遞到他手中，有些慵懶的攤開一看。

半晌，「很好，很好。」冰渣子*般甩下的幾個字，激得朝臣紛紛一個寒顫。

莫不是下界出了什麼大差錯了吧？

而他們滿肚子混合了恐懼與不安的疑惑，很快就獲得了解答。

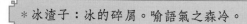
牛郎織女傳

「這表文上說，織女星擅離職守，以致下界『蠶事不順』、『織造廢弛』。」天帝咬字清晰，特別落了重音強調那八個字。「天孫織女一向恪盡職守，勤理織事，現在竟有人膽大包天，誣指她曠職債事，疏於蠶桑，這豈不荒唐可笑！」

眾臣也覺得人間帝王的指控太過荒謬，紛紛點頭附和。

短暫發洩過怒火後，天帝顯然已經重新尋回理智，做個手勢召來內侍，「織女上次送錦緞過來是什麼時候的事？」

「回陛下，鳳城每逢初一均有使者前來，不曾逾時。」

也就是說，織女星依舊好端端的守在她的崗位上，換言之，眼下的這場騷動不過緣於人間帝王一時的無知與誤解。官員們滿意的點點頭，很高興星辰日月的運行一切如常。

但天帝顯然不是個能被輕易打發的對象，他冷然的表情不改，命令天曹使者：「將那供品——所謂的『天孫錦』——呈上來。」

「是。」也不知天曹使者是怎麼示意的，立刻有

另名使者捧著布匹上殿，恭恭敬敬的遞給內侍轉呈天帝。

大殿霎時靜了下來，迴盪殿中的只有天帝翻動檢視著天孫錦的聲音。

這時間……好像拖得久了一點……

有些機敏的臣子已經察覺狀況有異，冷汗不由自主的滲出額頭。

「大膽！」驚雷似的怒喝響起，殿外藍天共鳴般的劃過一道閃電雷鳴，滾滾濃雲循著臺階迅速漫進殿中，朝臣驚得一一翻身拜倒。

在氣氛凝重緊繃得彷彿隨時將起火燃燒的凌霄寶殿上，只聽得天帝一個字一個字的下令：「將鳳城的使者，還有那指揮鳳城使者的人，通通給朕『請』過來。朕很好奇他們在這中間玩的把戲。」

隨著這聲宣告，朝臣無不渾身微顫，一個接著一個伏低了頭顱，不敢言。

時間像蝸牛一般緩緩爬行，肅立殿上的朝臣們無不忐忑不安的等候著。

事情發展到這個地步，再怎麼駑鈍的人也該看清楚了狀況：天帝已然裁定織女星的曠職屬實，之所以下令拘捕鳳城使者等人，只是為了釐清織女星曠職的原因，以及她到底曠職了多久。當然，無論這些問題

的答案是什麼，織女星所受的懲罰都不會太輕。

想來也合該如此。

作為天界中的一份子，他們自然知曉織女有多受天帝看重與愛寵——不是緣於她作為天帝孫女的尊貴身分，而是因為數千年來她願意放下身段，親自處理蠶桑織造諸類事宜。於是，每當織女派遣使者送來織品繡物時，天帝的心情總是特別好，臣子的大錯可以當小錯處分，小錯運氣好的話甚至會被完全放過。

可如今，織女竟辜負了天帝的鍾愛，曠職去了，然後被人間帝王一狀告上凌霄寶殿，丟盡天帝顏面。朝臣們同聲一嘆，為織女的不知好歹深深感到遺憾。

終於，在漫長的等待後，殿外的天兵天將唱道：「七仙女到——」

七仙女？她們來這做什麼？

在眾臣的困惑中，七位仙女風姿綽約的行過大殿，在玉階前盈盈拜倒。「七仙女拜見陛下。」

天帝沉默的俯視著她們，漆黑的眼瞳像潭水一般黝深，看不出絲毫情緒的波動。良久良久，就在眾臣以為七仙女會被天帝用視線戳死當場時，他開口問道：「妳們幫織女掩護行蹤多久了？」

喝，居然七仙女也有份！

騷動彷彿漣漪般層層往外擴散，但迅速被腦筋清

楚的官員無聲過止了。

「回陛下，從織女下凡當天至今，一共十年。」

織女居然已經曠職十年！好啊，七仙女的掩護工作還真做得滴水不漏！

這回朝臣們鼓譟得越發厲害了，連某幾位臣子一再發出充滿警告意味的輕咳聲，都無法將喧譁音浪平息下來。

但天帝恍若未聞，只專注在他的偵訊上，「原因呢？」

七仙女左看右看，最後由紅衣仙女代表發言：「因為織女思凡。」

轟的一聲，凌霄寶殿有如炸開的鍋子，當場亂成一團。

「織女思凡？怎會？她都清心寡欲幾千年了⋯⋯」

「想來是深閨寂寞，難得遇見了位順眼的男子，一顆芳心就不禁動搖了。」

「若此，那男子的儀表來歷應是不凡。若不是人中龍鳳，焉得織女垂青？」

「肅靜，肅靜！」天兵天將連聲喝止，總算把這陣擾擾嚷嚷壓了下去。

然而，當眾人重新將注意力投注到七仙女身上時，才後知後覺的發現在這團混亂喧囂中，天帝一直是沉

默的。

難道，這是暴風雨前的寧靜？

多位臣子不約而同的想到這個可能，一顆心紛紛提了上來。

人間的天子一怒，血流千里，伏屍百萬，但若換作天上的帝王呢？只有更暴虐更可怕吧。

於是一個接著一個更加低垂了頭，生怕惹來不必要的注意。

一霎時，<u>凌霄寶殿</u>靜默得彷彿連根細針掉在地上都能發出匡然巨響。許久之後，終於有人打破沉寂：

「陛下，<u>織女</u>不是貪歡耽欲的女子，她會下凡，也只是因為她真的熬得太苦太久了。」

朝臣中無人膽敢看向聲音來處，只在心中暗自佩服七仙女不愧是<u>織女</u>的好姐妹，竟能抗得住天帝的威嚴，代為求情申辯。只是，有權力裁決評判這一切的人，他也會這麼想嗎？

「再苦，也不該私下凡塵。」天帝繃得緊緊的聲音裡，似乎暗藏著某種強烈的情感。某位感覺敏銳的臣子忍不住從眼角餘光處看過去，恰恰捕捉到天帝臉上閃過一絲遺憾與不忍。

或許，事情也不是那麼的毫無轉圜餘地。這位機

敏而且記憶力非凡的臣子，不由自主回憶起多年前偶然聽到的碎聲細語：

　　大冬天的，天孫織女孤伶伶站在天河東岸往西望，不知在等什麼來著。唉，不管是在等什麼，她也該好好照顧一下自己，至少衣服要多加一件，河畔的北風跟冰凍刮刀一樣厲害呢。還有還有，瞧她瘦得下巴都尖了起來的樣子，該不會是犯了相思吧……

　　想到這裡，這位臣子不禁恍然大悟。織女當年的憔悴模樣雖然無人敢公開議論，但私底下的耳語是不可能少的，想必耳目眾多的天帝也聽到了那麼一星半點，所以面對紅衣仙女的求情，也才會有這麼一句半責備半心疼的反應。

　　就在這位臣子心念電轉之間，大殿上關於天池一遊的問答已經來到最關鍵的部分：「那麼，究竟是哪家的王侯將相、才子英雄，讓織女自願滯留人間？」

　　紅衣仙女幾不可察的頓了一下後，低聲回答：「臣等不知。自從天池一別，臣與織女便再無往來了。」

「哼，妳們還真是幫忙幫到底。」天帝心中了然，冷嗤一聲後挑明箇中玄機:「為了將織女的行蹤瞞得神鬼不知，妳們索性就不跟她聯絡了。也是，堂堂一名仙人，即便是隻身流落人間，也不會有任何安全上的顧慮。」

「臣等知罪。」話未落，七仙女已經跪倒在地。

天帝懶得搭理她們，手指輕叩著扶手自顧自的尋思著，半晌，他沉聲命令道:「宣月下老人上殿。」

不多時，一名外表和藹，目光卻透著幾分冷澈的老者來到凌霄寶殿。或許是已在路上問明了此行的前因後果，他在施禮完畢後，姻緣簿看也不看一眼的直接宣布答案:「與織女成婚的人，正是河西牽牛。」

啥？一個看牛的？堂堂天孫織女，怎可不顧天帝的顏面，自作主張嫁給一個出身低之又低的牧牛郎！人間有句俗話叫做「一朵鮮花插在牛糞上」，而織女與河西牽牛的結合不就是最最貼切的事例嗎？

嗡嗡低語瞬間漫了開來。

我家牽牛有什麼不好？他認真負責，老實勤快，所有真心為女兒好的人，都知道挑女婿就是要挑這種人。金牛星官置身百官行列之中，雖然想為牽牛出頭說句公道話，只要想到其他同僚們為了他私自下凡一事擔了多少風險、操白了多少頭髮，他就心虛的不得

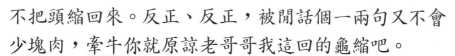

不把頭縮回來。反正、反正，被閒話個一兩句又不會少塊肉，牽牛你就原諒老哥哥我這回的龜縮吧。

出乎意料的是，這廂金牛星官的滿懷歉意還沒到頂，那廂的騷動就已經自動平息了下去。因為在場諸人雖然都對織女的選擇大搖其頭、暗自不齒，但只要是腦筋還有在動的人，都知道在這個緊要關頭唯有保持緘默才是平安之道，畢竟最有資格發表意見的人，此刻正坐在高高的玉座上頭。

當然，他們的沉默無須維持太久。幾個心跳之間，天帝已作出裁示：

「天兵天將何在？」

「末將聽令。」

「立刻將織女星拘回天庭，不得有誤！」

於此同時，數道銀白閃電凌厲的割開殿外藍天，轟隆雷聲震得屋瓦梁柱瑟瑟顫抖，暴雨混雜著冰雹如箭矢般急急墜落──這正是蒼穹宇宙呼應天帝盛怒之火的必然結果。

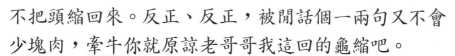

第六章 隔河遙相望

　　織女坐在小窗前的矮凳上，就著厚厚雪地反射過來的陽光，飛快而精準的將繡花針穿過布面，繡出一隻隻洋溢著喜慶吉祥味道的小蝙蝠。偶爾，她會抬起頭來看一眼午睡中的孩子們，再瞟一眼雪地上兩尊肥敦敦的雪人，然後溫柔一笑。

　　昨晚氣溫陡降，北風尖嘯呼號，鵝毛亂雪紛飛，待到天明時刻，大地卻一片瑩白祥和，絲毫不見昨夜裡恍若末日暴風雪的猙獰景象。

　　孩子們梳洗完畢塞了一肚子早餐後，膩在庭院裡打雪仗、堆雪人，鬧騰了整整一個上午，午餐時困倦得隨便扒幾口白飯便鑽進被窩睡午覺去，而她呢，拾起繡花繃子繡著蝙蝠，準備待會做鞋子時拿來當鞋面用。

　　蝙蝠意喻守福，希望當她不在身邊的時候，這幾隻小蝙蝠能代她守護孩子，帶給他們幸福。

　　織女暗自祈禱著，同時將法力滲進蝙蝠繡像裡，

讓這小小蝙蝠擁有實質的守護之力。接著，她開始納鞋底，將鞋面、鞋幫、鞋底組裝在一起，很快的做好了一隻耐磨耐穿的千層底布鞋。

可是孩子正是會長的年齡，不知這鞋子能頂多久？不過無妨，鞋子穿不下，她再做新的也就是了，誰叫他們有織女當母親呢？

想到這裡，織女又是驕傲又是滿足，忍不住又偏過頭去，望向床上那兩張紅撲撲的臉蛋兒，這世間她最愛的其中兩個人，剎那間喜悅、憐惜、驕傲、訝異等諸多情緒脹滿了她的心房。

從來沒想過，只是區區一次起心動念留連人間，居然就讓自己得到這麼多，多到幾乎難以承受的地步。她體會到了男女之情、夫妻之情、母子之情，體會到了恬靜樸實的生活所帶來的平靜安適。

的確，神仙生活也是平靜安適的，但少了那麼幾位與自己緊密相連、憂喜與共的人後，神仙生活也不過是一灘死水，怎及得上人間生活的美妙豐富。只是……人間有句俗話是說，天下無不散的筵席，這樣美麗精采的人間生活會不會在眨眼之間，就碎成了一地破片？

不，不會的，決計不會的。織女搖頭摒去這充滿不祥的異想，轉而思念起令自

己撇下天界的一切，甘願為他生兒育女的那個人，於是原本騷動不安的心靈逐漸的平復了下來。

牛郎所具有的應該是種極其難得的法力吧。只要有他在，任是再狂躁暴虐的心緒都可以在眨眼間被安撫、被穩定，猶如被一泓清泉洗滌過身心的舒緩平靜。也許就是因為如此，她才會在一個照面之間下定決心，徹底揚棄天庭裡的所有。

只是，那個被她放在心尖上的人出門辦事去了，也不知能不能趕在太陽落山前回來。

思及此，織女不覺擱下了針線，眺向遠方銀白一片的平野。

仍是杳無人跡。看來牛郎是有事耽擱了。

輕嘆口氣，將思念之情收拾妥當，織女起身到小屋側邊新搭的廚房，往爐灶塞了些柴火，開始淘米煮飯，煎魚煨肉。

不知怎麼的，灶口火焰猝然大盛，火舌竄上她裙襬。織女不慌不忙熄了火焰，一雙美目狐疑的在爐灶與裙襬間來回審視著。

好端端的，怎會突然起火了呢？

她纖眉微皺，有些出神的猜想著原因，猛然捕捉到天地間一抹異常的能量波動，同時房裡孩子們尖聲大叫：「媽媽！媽媽！」

難道——

她趕忙甩下鍋鏟，衝回主屋，差點跟人迎面撞個正著。

反應迅速的擰身閃開，織女竄到小床前面，雙臂大大攤開，迎視來人，「不要傷害我的孩子！」她貌似鎮定的面對天兵天將，心裡卻慌亂恐懼到了極點。

他們怎會出現在這裡？是來捉拿她的嗎？她若被捉走了，孩子，還有牛郎，日後該怎麼辦？她還有機會見到他們嗎？

但也就在這一刻，鳳城的那間繡房，堆在房間角落的布匹絲帛，織機上燦爛奪目的錦緞，還有棲息著金烏的帝女之桑，這些畫面一一在她眼前閃過。她愣愣的想起當年辛勤織造不曾稍有懈怠的自己，想起了自己的身分：天孫織女，主管天上天下一切針黹紡績之事的女神。

天孫織女忖道：是的，人間不能久留，她還有工作要做。

牛郎之妻心想：不行，她若返回天庭，孩子怎麼辦？牛郎怎麼辦？

兩個自我，雙重身分，勢均力敵的拔河拉鋸，令她不由得心痛如絞。

孩子似也察覺到了什麼，雙手雙腳緊緊攀著她不

牛郎織女傳

放，兩對烏溜溜的眼睛含著淚水仰望著她，又從她身側小心翼翼的觀察著來人。

孩子難得的謹慎探究令<u>織女</u>心亂如麻，一邊低聲哄著安撫著孩子，一邊思索著可以兩全其美處理此事的法子，但天兵天將的宣告卻將一切畫上了句點。

「卑職奉天帝命令，捉拿天孫<u>織女</u>。」那一張張緊繃著讓人無法看出他們思緒的面容，昭示著在他們胸腔中跳動著的，不過是顆絕對不為兒女私情動搖的鐵石心腸。

<u>織女</u>咬著下唇，試著說服對方，「我在人間過得很好，那些布也不是非得要在天界才能織得的——」

「卑職只是奉令行事。」

用力摟緊孩子，<u>織女</u>眨去即將奪眶而出的淚滴，穩住有些粗軋顫抖的嗓音，嘗試動之以情，「我已經結婚了，我有丈夫，有孩子，我不能撇下他們——」

「卑職所奉之令，並未包含其他人等。時候已經不早，卑職尚須返回天庭覆命，失禮之處，尚祈天孫<u>織女</u>莫怪。」話才剛落，其中兩名天兵天將欺身上前，一個負責拉開孩子緊攀住母親臂膀的手腕將他們一甩上床，另一個箍住<u>織女</u>纖細如柳的腰肢無視她的苦苦掙扎將她往門外拖。

「媽媽！媽媽！」孩子已經嚇得哭不出來，雙雙

連滾帶爬跳下床，赤腳追逐被扛在天兵天將肩上的柔弱身影。「媽媽還我，還我！你不可以帶走她……」

「囝囝、囡囡，要好好照顧自己，天冷了衣服記得加，不要挑嘴挑食……」不顧腹部被鎧甲頂得發疼，織女想到什麼交代什麼：「跟爸爸說，媽媽有事回天庭一趟，叫他不用擔心，過幾天——」一口氣突然梗住。

她還有回來的機會嗎？她還能見到這雙融著自身骨血的子女，見到愛她敬她護她寵她的夫君嗎？今日之後，她是否將獨自佇立星辰下懷想丈夫兒女，箇中的錐心痛楚永遠沒有休止的時候？

織女悲憤欲哭，卻努力展開笑顏，安撫跌跌撞撞追在後頭，眼眶通紅、臉色慘白的孩子們，「媽媽幾天後就回來，你們要聽爸爸的話，多多幫爸爸的忙，記得，媽媽愛你們……」

風打旋，雪輕揚，天兵天將扛著織女倏忽而逝，曠白大地上只餘一雙小兒女大聲哭叫著媽媽。

※　　　　　　　　　　　※　　　　　　　　　　　　　　　　　　　※

牛郎站在小屋前，一邊緬懷自己曾經度過的童年、少年乃至青年時光，一邊放鬆背帶卸下沉重的竹簍。他側耳聽了會簍裡雞鴨的低咕聲，嗅了下臘肉魚乾的鹹香，再查看一回雞蛋鴨蛋是否仍完好無缺，不覺在嘴角勾起一抹滿意的微笑。

雖然不知道大哥大嫂缺不缺這些雞鴨魚肉，但畢竟是他這個弟弟的一點心意，希望他們會喜歡。

　　稍微整整衣衫，輕咳一聲，<u>牛郎</u>輕輕敲了三下門板，靜靜候在門外。他眼角瞥見自己手指正不受控制的微微顫抖著，不禁有些好氣又好笑。

　　大嫂雖然待他不好，但到底也是很多年前的事情了，那天她願意親自登門送來貨款，應該就表示她決定放下當年的不愉快。或許，從今以後，他們兩家可以處得比較緊密融洽，大哥不用被夾在中間左右為難，孩子也可以多和他們的伯父伯母親近親近。

　　想到這裡，<u>牛郎</u>深吸口氣鎮定情緒，再度敲了一次門。

　　等啊等，還是沒有回應。

　　就在<u>牛郎</u>慎重考慮是否繼續敲第三次門，或者乾脆像上次一樣把東西留在門口先行離去時，門扉吱呀一聲開了一道小縫，露出一隻紅絲滿布的眼睛。下一瞬間，門扉迅速打開，一隻手探過來箍住<u>牛郎</u>臂膀將他拖進家門，另隻手迅雷不及掩耳的闔上門，上了門，緊接著是一聲破口大罵：

　　「你來這做啥！」

話才出口，他彷彿領悟到了什麼，趕緊壓低了聲音：「沒人看見你來這吧？來這之前，你沒上其他地方走動吧？」

　　<u>牛郎</u>雖然不明白自家大哥在緊張什麼，但老實耐心的個性令他一如往常的仔細回答問題：「我是直接從家裡走小路過來的，路上沒遇上別人，應該是沒其他人知道我來這吧。」

　　「那就好。」大哥聞言鬆口氣，癱坐在椅子上呆了半晌，又一骨碌跳了起來。「快點，回家帶上你老婆、孩子還有乾糧，我領你們到山裡避風頭。」

　　<u>牛郎</u>不閃不避任由大哥拉著自己出門，同時試著問清楚到底是怎麼一回事。

　　大哥愣了一下，終於頓住腳步，重重的一聲嘆息，「還不是你那不安分的嫂子惹出來的禍端！」

　　事情是這樣子的。話說<u>牛郎</u>的兄長為了緊緊抓住過年前的最後一波商機，年前這趟行商走得特別急特別遠。當他返程時，眼看貨車上還有一點沒批出去的布料，就在鄰縣隨便找了間有來往的布莊銷貨。

　　「牛老弟，好久不見了，聽說你生意作的好生興旺、財源廣進達三江啊。」布莊老闆長得福福泰泰一臉和氣生財的樣子，看他上門就笑瞇瞇的迎了過來。

　　「哪裡哪裡，不過是走南往北窮折騰，賺點蠅頭

小利，哪比得上您的布莊基業深厚，駿業宏興。」<u>牛</u><u>郎</u>兄長謙讓幾句，同時將樣品擺上桌。「您瞧這些布料怎樣，正宗<u>蘇州</u>產的花棉布，另外還有一些小繡件，是特別幫您留下來的。」

布莊老闆沉吟著檢視布料繡件，給了個不錯的價錢，然後談起一件奇怪的事情：「老弟，你走訪各地，見多識廣，可有聽過一種叫『天孫錦』的布料？」

「慚愧慚愧，這倒是要請您指教指教。」<u>牛郎</u>兄長接過店員奉上的茶湯，扭扭身體找到最最舒服的坐姿，很有興致洗耳恭聽增廣見聞。

「昨天呢，我這來了兩位客人，光看衣服聽口音，就知道是來自京師有身分地位的人家。」啜口香茶，嚼了塊點心，老闆續道：「他們上門啥都不看，就只問天孫錦，聽我回說不知道後，走得更是乾脆痛快。我經營布莊將近三十年，還是頭一次被問倒了。」言下之意，就是他萬分介意自己居然有所不知。

「您老別氣別氣，這事我記下了，日後有消息定知會您一聲，讓您解了困惑如何？」<u>牛郎</u>兄長也是機伶的角色，笑著承諾幫忙留意，然後一口喝乾茶湯，起身告辭。

「那就有勞你了，<u>牛</u>老弟。」一看又有客人上門，布莊老闆也顧不得聊天，隨意揮了揮手權充道別。

之後，牛郎兄長又跑了幾個地方賣光車上所有貨物，順道蒐集了一些關於天孫錦的描述。

　　「柔如絲絹，暖若輕裘，逆光對視，燦若霞光。」他搖頭晃腦的複述著某間布行當家的說法，滿肚子的不可思議之情：「至於質料呢，非絲非棉，亦非麻纖毛線……哈哈哈，這麼神奇的織物倘若存在，說不準還真是天上的織女親手織就的，只不過是她一時手滑，不慎遺落到人間。」

　　滿足了好奇心，牛郎兄長不再關注天孫錦的事情，只管揣著滿滿的荷包準備過年。誰知等他風塵僕僕抵達家門，居然撞見自家老婆樂呵呵的捧著錢箱，將一把銀子數過來又數過去。

　　他不明就裡，直覺老嫌棄他賺不了錢發不了財的老婆趁著自己不在，溜回娘家請求經濟援助，一時嘴快罵了幾句她是不是看不起自己的丈夫。當然李氏也不是好惹的角色，一張利嘴絕對能說得風雲變色，日月無光。積怨已久的兩個人最後擺開架式大吵大鬧，連百八十年前的陳年老賬都翻出來好好理論了一番。

　　吵架雖然是種很沒效率的溝通方式，但牛郎兄長到底還是弄明白了，原來那把銀子是自家老婆盜賣織女的布匹得來的，然後又鬼使神差的令他將天孫錦與織女的傑作聯想在一起。

當然，牛郎兄長想得到的事情，李氏自然也不會忽略。她喜上眉梢、摩拳擦掌、兩眼賊亮，決心要趁這機會海撈上一票，成為笑傲全村甚至全縣的有錢太太，說不定未來再捐個錢買個官，從此飛上枝頭作鳳凰，成為堂堂一位官夫人。

牛郎兄長雖然凡事都馬馬虎虎不甚上心，但對於「己所不欲，勿施於人」這句老話倒是頗有心得。面對妻子急欲出賣織女以換取賞金的貪婪，他明白指出織女不願公開天孫錦定是有她不為人知的苦衷，而這天孫錦神神秘祕來歷玄奇，難保之中有些尋常人家擔待不了的隱患，最後還衍生了可能的不良後果，要李氏好好合計合計。

最後，被他的苦口婆心說服、可在面子上一時間還下不來的李氏扔下「回娘家」三個大字，走人了。至於沒娘家可以鑽的那個人呢，他老老實實窩在家裡思前想後謀求補救之道，還因此失眠了一整夜，結果就變成今天這副憔悴模樣了。

「雖然你嫂子同意不透露天孫錦的來歷，但難保她爹布莊裡沒有其他多嘴多舌的人，所以在那兩個打聽天孫錦消息的人離開前，你們最好先到山裡避幾天，等風頭過後我再通知你們回來。」這是牛郎兄長思考一夜之後的結論。

「大哥……」牛郎望著大哥明顯消瘦了一圈的臉龐，胸中激盪不已。雖然大哥平時不大管事，真有大事發生時還是很可靠的。

「感謝之類的話就甭提了，追根究柢還不是我的縱容所種下的是非。」牛郎兄長拍拍弟弟寬厚的肩，笑得有些寂寞。

昨晚他除了構思亡羊補牢之道外，還連帶憶起了許多前塵往事，像是他的父母、他的童年、學徒生涯的艱苦、戀愛時的甜蜜美好、無法滿足妻子之生活需求的歉疚、裝聾作啞逃避面對妻子與弟弟之間的矛盾，以及最後的，對自己為人夫、為人兄長卻擔待不起相應之責任的不齒。

他錯過了很多，有些可以彌補，有些卻再也不可能重來，例如他與牛郎曾經頭靠頭、肩並肩、嘀咕些童稚傻話的親密時光已經一去不回頭，如今兩家人相隔雖然咫尺，往來頻率卻有若各天一涯。

他百思不得其解，當初自己怎會為著一點息事寧人的想法，就放任妻子作賤糟蹋自己的弟弟？明明在外頭商譽頗佳、手腕人人誇讚，怎麼一對上家裡事就束手無策到隨便妻子搓圓揉扁的地步？他的脖子上空有腦袋，肩膀上白接了手臂，除了二次難得的堅持外，竟什麼都幫不上自己的弟弟。

　　　　萬般思量，最後只換得一聲感慨：

　　「還好你們小倆口日子過得很好，孩子也
都平安健康，否則百年之後我哪有臉在黃泉
地底面對爹娘。」

　　「哥……」頭一回聽到兄長這麼感性的言語，
牛郎不禁感動得紅了眼眶，千言萬語最後只化成一個
緊緊的擁抱。「別說什麼有臉沒臉的，從小到大，你一
直是我心目中最尊敬最景仰的大哥啊。」

　　婉轉但堅決的辭謝兄長要送他一程的提議，牛郎
抄小路趕緊回家。

　　麵粉、白米定要帶著，柴刀、火石萬萬不可以遺
漏。記得深山裡有座獵戶才知道的廢棄小屋，稍微整
理一下就可以暫住……

　　他邊走邊計畫著，直到遠處傳來的孩童號泣驚回
了他的注意力。

　　「媽媽不要走，媽媽……嗚嗚，囝囝、囡囡要當
好小孩，不再調皮搗蛋，媽媽不要生氣，囝囝、囡囡
好想妳，妳快點回來……」

　　這是——孩子們的哭聲！

　　牛郎心房大痛，火速飛奔而去。而在屋前啼泣不
止的孩子一見他的身影，遠遠的就跑了過來，一頭扎
進他懷裡。

牛郎織女傳

「發生什麼事情了？媽媽呢？」牛郎輕拍著孩子肩背，刻意放柔了嗓音：「深呼吸，深呼吸，有爸爸在，沒什麼好擔心的。囝囝、囡囡是好孩子，爸爸知道，媽媽當然也知道……」

良久，牛郎終於從孩子斷斷續續顛三倒四的敘述中，組織出事情的梗概。

織女被天兵天將帶回天庭了……

他抱著一雙孩兒，失神的癱在門前小凳上。

「爸爸，媽媽被壞人抓走了，我們快去救她回來。」孩子童稚的言語裡充滿對父親的信心，對母親的熱愛，教牛郎不知不覺紅透了眼眶。

他們還這麼小，怎麼能讓他們經歷這般母子分離的苦痛！

牛郎仰望霞光滿布的天空，胸中蒸騰肆虐著一片憤怒不平。

蒼天啊蒼天，織女為我妻，織女育我兒，迢迢十年有矣，你何來權力令我們骨肉分離！牛郎啊牛郎，人人都說你不懂拒絕，都說活該你遭人欺負，可如今妻子被奪，孩子無依，你難道要繼續保持沉默，坐視妻離子散的

149

結果？

　「爸爸，媽媽說幾天後就回來，可是我看那些壞人好凶好凶，他們真的會放了媽媽嗎？還有還有，媽媽沒出過遠門，她怎麼認得了回家的路……」

　孩子的奇想與絮叨激起<u>牛郎</u>骨子裡的力氣，他抱起他們，跨進門檻，「你們說的很對，我們要去接媽媽——」但一方在地，另方在天，身為凡人的他們如何才能登上天去？

　<u>牛郎</u>失神一瞬，猛的回過神來用力眨去眼淚。現在不是哭的時候，腦子你趕快動一動，想出個辦法來啊！

　他一手抱著一個孩子在屋裡打轉，視線一一落在所有瓶瓶罐罐家具擺設上，然後又一一予以否決。

　不成，這些都不成！這些凡人所造之物如何能助他登天？

　他沮喪的抱著不知何時沉沉睡去的孩子，輕輕的坐到床榻上，不意看見收捲著金牛毛皮的木箱。

　如果金牛還在，牠一定會蹭著四蹄，朝那所謂的天兵天將一頭撞過去吧。

　想到這裡，滿臉戚然的<u>牛郎</u>忍不住泛起一絲笑意。他放下孩子，起身走到木箱前，打開箱蓋，取出金牛的毛皮。在攤開毛皮那一刻，感覺有什麼閃過眼前，

151

轉瞬一絲熱流從指間竄進心房，盤旋一陣後再往上攀升，衝擊著腦海深處被嚴加封鎖的記憶。

我的兄弟，讓我將你的記憶喚醒……在不知名的彼方，金牛低沉的詠唱著。

於是過往數千年所有被摺疊壓縮保存的記憶，在這一刻全部攤散開來：徜徉天河岸畔的牛群，蘆花深處的野笛與歌聲，被捆仙繩拘住的瘟癀之主，<u>太上老君</u>座前傲氣凌人的青牛，隨著浪花拍擊岸石的絲絹，誇口要助他娶得美嬌娘的<u>金牛星官</u>……

「我的兄弟，原來你從來就在我身邊，時時刻刻幫助我、保護我，不讓我孤寂……」牛郎重重將臉龐貼在金牛的毛皮上，滿懷思念的感受蘊含在毛皮中的法力能量，模模糊糊的嗓音裡透著一抹哽咽，「如此情義，如此用心，教我如何回報……」

半晌，他抹去眼淚，直起身來。

<u>金牛星官</u>已經幫他這麼多，接下來就是他自己為保衛家庭而努力的時候了！

下定了決心，<u>牛郎</u>找來兩個水桶，將體重較輕的女兒放進前頭的水桶，將較重的兒子放到後頭那個，然後頭頂著牛頭，將金牛毛皮的前肢繞過自己的脖子，在胸前打了個結。

一肩扛起扁擔，挑了水桶，他腳步穩

健的走到屋外，看向滿天金色霞光，
找尋天河所在的位置。深吸口氣，憑藉
牛皮上的法力，他一步接著一步踏上虛
空，登上天去。

※　　　　　　　　　※　　　　　　　　　※

　　載著金烏的車馬已經沒入地平線，接續巡行夜空
的是月神望舒。

　　牛郎兩手抓緊吊繩穩住水桶，心無旁騖的循著天
兵天將留下的些微足跡，徑往天河岸畔而去。

　　「爸爸，這是哪裡？」已然睡醒的小男孩驚訝的
東張西望，三不五時撈起一把飄經桶身的流雲。

　　「是星星耶，爸爸，我可以帶顆星星回家嗎？」
小女孩眼明手快的捧住一顆星辰，看它在手心閃動著
冷冷銀光。

　　「你們坐穩囉，那些壞人就在前面，現在爸爸要
加緊腳步追上去了。」牛郎沉聲吩咐著，腳底一用力
加快速度，立即像騰雲駕霧般穿過黑沉沉的天幕。

　　「看，我們在飛耶！」小女孩不可思議的驚呼著，
小小身子縮在桶底只探出一對眼睛，覷向雲層下方的
點點人間燈火。

　　「媽媽在那裡，他們已經過河了。」眼尖看到母
親身影的小男孩將雙手圈在嘴前，大聲呼喊：「媽媽妳

別怕，我們來救妳了！」

　　天河彼岸，天孫織女應聲回頭，在望見他們的那一刻，哀傷恍惚的眼眸燃起一片希望之光，「孩子等等，媽媽馬上回來！」話未落，她猛力掙脫束縛，一頭衝入天河，激起一陣浪花。

　　「殿下不可魯莽！」天兵天將的身手矯捷，三兩下就將織女撈回岸上，箍住她的手，扳著她的肩，繼續往玉京進發。

　　「放開我，放開我！」河岸這頭，織女拼命的扭動著，徒勞的掙扎著，美得令人屏息的臉上染滿淚痕。

　　「壞人，快點放開媽媽！」河岸那頭，小兒女們尖聲叫著，揮舞著小小的拳頭威嚇天兵天將，「壞蛋不准跑，待會讓你們嚐嚐我們鐵拳無敵的厲害！」

　　「坐穩了，爸爸馬上帶你們過河。」雖然前前後後的所有騷動牛郎都看在眼裡聽在耳裡，但隔著一條壯闊悠長的河流，他心裡再急也只有深吸口氣穩定心緒，努力回憶當年帶領天牛洗浴時逐漸累積的有關天河水道深淺的知識，然後義無反顧的一腳扎進水裡，落足在水流平緩的地方，「知道嗎，爸爸很久很久以前就渡過天河喔，現在你們可得待在桶子好好看著學著。」

　　「爸爸最厲害了，萬歲！」孩子們大聲吆喝打氣，

既期待又忐忑的估算著與母親間的距離。

　　然而驚變就在一瞬間，當牛郎父子三人一步步接近天河水道深處時，一隻巨掌拈著髮簪平空降下，往水裡用力一插一劃！

　　天河應命掀起千層波濤，滾滾浪潮氣勢萬鈞的衝撞河道中渺小的人影。

　　「陛下，不要！」天河那頭，織女撲倒在地，撕心裂肺的哭喊。

　　「孩子抓緊！」天河這頭，牛郎冷靜的踩穩腳步，往後緩緩退回岸上。

　　風在吹，雲狂捲，浪濤澎湃，草聲沙沙，寒鴉的哀鳴悲切悽涼。

　　那邊，牛郎半蹲著擁緊孩子，溫聲安慰著他們，這邊，織女髮髻散亂眉眼含悲，眨也不眨的凝望她的骨肉親人。

　　不過一條天河，竟就讓相知相愛且相惜的牛郎一家人只能遙遙相對，不得團圓聚首。

　　忽然，小女孩兒將小小腦袋探出父親懷抱，黑白分明的眼睛洋溢著天真

與熱情,「我們有水桶啊,只要把天河的水舀乾,就可以渡過河去找媽媽了。」

小男孩兒聞言,振奮的附和道:「古時候有精衛鳥啣石填海,今天就有我們父子三人舀乾天河救母親!」說罷,他一轉身用力提起水桶,蹲在河邊汲起滿滿一桶河水,然後倒往附近一處低窪地。小女孩兒見狀亦有樣學樣的拖著另只水桶蹣跚走往河邊,腳底一個不察絆到草結,重心一歪就往河裡栽。

「小心點,不要媽媽還沒接到,妳就摔了個鼻青臉腫讓媽媽心疼。」牛郎淺笑著攔住女兒,伸手接過水桶,「去幫哥哥的忙,你們個子一樣高力氣一樣大,一起努力抬水的話, 舀乾天河的那一天會更快到來喔。」他一邊鼓舞著孩子,一邊追尋著天河對岸妻子燦若明星的眼眸。

織女,妳耐心等著。我知道這法子很傻氣,但所謂「精誠所至,金石為開」,又所謂「水滴石穿,繩鋸木斷」,只要我們父子三人同心協力,總有一天能夠舀盡天河水,從此一家團圓,再也不分離。

※ 　　　　　　　　※ 　　　　　　　　※

冬日的御花園滿地寂寥,光禿禿的枝椏上垂綴著透明的冰花。涼亭裡,石墩子上,兩名衣衫華貴、氣韻儼然的天人端坐在上頭,一派舒適自得的賞玩這滿

園子的蕭瑟淒涼。

「真是憨直傻氣到令人無奈嘆息的一家人啊。」統領天界所有女仙的王母娘娘俐落的一彈指，遣去銅盆水鏡裡牛郎父子三人守在天河畔努力舀水的影像，抬眼問向人就在她對面、眉梢眼角仍殘留著幾分怒意的天帝：「請問陛下，事情就這樣放著不管嗎？」

冷哼一聲，天帝回道：「他們愛舀水就讓他們舀去，反正天河之水滔滔不絕，取之不盡用之不竭。」

王母娘娘不置可否的一揚眉，另外開了話題：「織女新送來了幾匹布料，顏色看起來挺穩重沉肅的，正好拿來裁製喪服。」

天帝又是回以一聲冷哼，「天界幾時辦過喪事了，妳嫌棄那布料就直說，不必浪費人力物力去做無用之事。」

王母娘娘一聳肩，故作無奈的說道：「以前沒辦過不代表日後不會辦，凡事早點做足準備總是好的。」

「妳要幫織女與牽牛求情就直說吧，不必這樣拐彎抹角。」一想到這件事，天帝心裡就是又煩又亂，語氣自然暴躁，「牽牛也就罷了，畢竟他當年是奉旨下凡，但織女呢？她擅離職守，誤了人間蠶桑織造，倘若這事輕輕放過，叫朕日後如何服眾，如何統領群臣？」

「織女自當受罰，但波及牽牛與那兩個無辜的孩

子受盡分離之苦，似乎也有礙陛下的聖明。」

　　天帝橫她一眼，只說：「在人間，官員怠慢公事貽誤民情時，輕則貶官，重則處死，結果不也都是一家人妻離子散受盡苦楚，怎麼換到織女身上，就是有礙朕的聖明了。再說，牽牛跟織女不經媒妁，私約成婚，開明的人說他倆是兩情相悅，又有月老的紅線從中牽成，自當祝福他們，但換作另外那些迂腐古板被禮教框死的人，只會說他們惑於激情，耽於愛慾，等不及稟告父母長輩獲取同意就同床共枕，十足不知羞恥。」

　　聽到這裡，王母娘娘忍不住掩嘴輕笑，終於明白那日天帝在凌霄寶殿上的雷霆之怒，究竟是何緣由，「原來陛下其實是心疼他們啊。」

　　被說中了心事，天帝的臉皮有些熱辣，輕咳一聲轉移話題，「依妳看，織女的心情什麼時候會好轉過來？朕實在看厭這片灰濛濛暗沉沉的景色了。」

　　「據七仙女所言，織女終日以淚洗面，茶飯不思。」王母娘娘環視周遭的一片陰霾慘然，頗有許多感觸：「話說回來，織女為人妻為人母，如何能在明知丈夫兒女的生活苦寒困頓時，仍一如平常的享受錦衣玉食榮華富貴？她的技藝從來就反映她的本心，當生活中觸目所及盡是痛苦悲涼時，又如何能同過去一般，織造出燦爛奪目的藍天麗景。」

牛郎織女傳

天帝沉默不語，悶悶的攪動手裡的芝麻粟米粥，細瓷調羹不住撞擊著冰花玉碗，那一下又一下清脆悅耳的聲音，彷彿就敲打在他的心尖上。

「陛下——」

「好了好了，朕明白妳的意思。」天帝不耐的打斷她。這些日子以來，織女的哀怨愁苦他也是看在眼裡，疼在心裡，恨不得使出通天之能排解織女的愁緒。只是，他除了是織女的祖父外，更還是天界的帝王，在這件事情的處理上，他無法容許自己受到私情左右，做出有違公理法令的決定。一言以蔽之，他現在是夾在帝王與祖父的雙重身分間，左右為難，進退維谷。

等了等，沒有聽到下文，王母娘娘沉吟片刻，決定說出她從七仙女、織女的侍女、月下老人以及牽牛最好的朋友——金牛星官——等人的說詞裡拼湊出來的事情始末。「陛下可還記得當年有段時間，織女常常佇立在天河畔？」

天帝點點頭。

「那陛下可曾想過，數千年來堅守崗位、恪盡職責的織女，怎麼會突然撇下工作，下嫁牽牛？」

表情向來冷淡嚴肅的天帝，此時終於流露了一點好奇。「願聞其詳。」

「據說織女某日在天河邊浣紗時，突然聽到一陣

美妙的歌聲。她實在太過喜歡那歌聲，於是將手絹扔進河中，暗自希望能被那唱歌的人撿到。而那承載了織女心意的手絹果然不負她所託，竟就落入正在天河對岸牧牛唱歌的牽牛掌中。

「牽牛仰慕手絹主人的玲瓏心思，向好朋友金牛星官吐露他對她的愛意。雖然金牛後來從月老那裡得知牽牛與織女有夫妻之緣，決意有機會時要助他們一臂之力，可他還來不及施展手腳，牽牛就在數日後因火流星事件被貶下凡塵。

「牽牛離開天庭後，無論織女在河畔等了多久，都不可能再聽到那令她全心傾倒的歌聲。織女心頭悵惘無限，愁緒難解，最後形容憔悴，身子亦日漸寬減。七仙女與織女情同姐妹，為了讓織女散散心，她們哄著她走了趟天池，孰料竟在那裡遇見了牽牛轉世而成的牛郎——」

「所謂姻緣天定，大概就是這種狀況了。」天帝聽到這裡，不免感慨萬千。

「陛下所言極是。」王母娘娘回以一笑，這才帶出她大費周章說這故事的真正用意：「既是上天安排的姻緣，陛下何妨順應天意，讓他們這個已經飽受分離之苦的家庭得以重聚。」

「朕已經說過了，織女的家庭是一回事，織女因

為曠職而受到處罰，則是另一回事——」

「既然不是同一回事，陛下可否換個處分的方式，讓織女與她的丈夫孩子，不用受那分離之苦？」王母娘娘眨眨眼，投給天帝的笑容既狡黠又得意。

我已幫您安了臺階、解了套子，您可要警醒點，趕緊順著臺階走下來喔。王母娘娘擺弄唇形，無聲的對天帝這樣說道。

天帝微微一愣，等他回過神來，不免有些感激與尷尬，「西王母果然深諳說服之道，朕怎敢聞雅言而不知從善。」

思索半晌，他召來今日當職負責傳旨的喜鵲。「去告訴織女，朕允許他們每隔七日聚上一天。還有……」他頓了頓，再度發出聲音時語氣裡竟透著一絲赧然，「冬雪雖美，朕更期待春日的到來。」

在他身後，王母娘娘倒是笑得酣暢開懷，「唉呀，我的陛下，您關心孩子何妨表現得直接坦然點，這樣七拐八彎的做法很容易被誤會被忽略的啊。」

「囉嗦。」天帝惡狠狠的瞪她一眼，耳根卻是不爭氣的紅熱了。

次日，暴風雪混雜著豆大冰雨襲來，彷彿哀告著天上人間發生了最最淒慘痛苦偏又不得解脫的悲劇。天帝身披毛皮大氅，憂心忡忡的望向天際翻騰滾動的

鉛灰濃雲，暗自疑惑究竟是哪邊出了差錯。

　　最近可稱得上大事的，就只人間織造廢弛一樁。但如今織女星已然回歸，人間的蠶桑織造不日即可恢復正軌，應該不致引發此等天人共憤的景象。還是這其中存在著某種他尚未察覺到的錯誤……

　　想到這裡，天帝心念一動，召來昨日負責傳旨的喜鵲。「昨日你去<u>織女</u>那邊宣了什麼？<u>織女</u>又答了什麼？」

　　喜鵲緊張的伏低了頭顱，回道：「微、微臣說，陛、陛下允他們七、七日見面——」

　　天帝眉頭一皺，總覺得喜鵲的轉述聽起來不大對頭。忽然意會過來，怒氣驟升，竟一手捏碎了窗櫺上的木條，「荒唐！朕說的是允他們每七日見一次面！」

　　喜鵲一驚一駭，終於發現自己的口吃毛病肇下了彌天大禍，「微、微、微臣……」他哆嗦著拼命磕頭，努力擠出自認最妥當的解決之道：「微、微臣立、立刻去跟、跟織、<u>織女</u>說、說——」

　　「遲了。」天帝沒耐性聽他將支離破碎的字詞組織成句，「所謂君無戲言，豈容爾等朝令夕改。你雖無心，錯誤卻已鑄下無法更正，只能說，或許冥冥中的天意就是如此。」

　　望著堆疊翻滾的厚重雲層，他嘆了口氣，吩咐喜

鵲道：「天河深廣卻無橋梁，為了贖罪，當七月初七織女要渡河與丈夫孩子們相會時，你就負責給他們搭橋去吧。」

　　「微、微臣遵、遵旨。」

尾聲

　　盼了一年，終於到了七夕夜晚。牽牛早早將天牛趕回牛棚，將一雙兒女連同自己梳洗打扮得整齊乾淨後，一家三人步伐輕快滿懷喜悅的踏過茂盛豐美的牧草地，來到天河西岸。

　　晚風舒爽，星光燦爛，成千上萬隻喜鵲齊聚天河上空，將雙翼大大展開彼此相連，在波濤上架起一道鵲橋。

　　「媽媽什麼時候會到？」小女孩仰起童稚的臉，迫不及待的眺向鵲橋彼岸。

　　「耐心點，媽媽一會就到，妳可不要在讓媽媽看到前，就弄髒弄皺了她做給妳的新衣服。」這些年來，小男孩越來越有哥哥的架式，一邊提醒妹子一邊摩挲著骨笛，默想新習得的曲調。待會，他要吹笛子給媽媽聽。

　　牛郎卻是反常的沉默。或許這只是

因為，一年的等候太久，思念太濃，期待太深，喜悅太重。

忽的，鵲橋彼岸隱約傳來一陣騷動，有抹銀白色的光華冉冉靠近，逐漸顯出一張絕美的臉，以及深邃眼眸底下晶瑩的淚。

「媽媽，媽媽！」小女孩興奮的跳上鵲橋，奔向母親懷抱。

小男孩再也裝不出少年老成的樣子，三步併作兩步衝到母親跟前，卻急急煞住了腳步。「媽媽──」他有些尷尬，有些躊躇，望著母親不知該如何是好。

「傻孩子。」織女散去眉宇間的一絲輕愁，淺笑著將兒子也摟進懷中，然後將視線定格在身前男子的臉上。

「我好想妳。」直到這時，牛郎才發現自己業已屏住呼吸良久。他緩緩勾出一抹笑，問道：「想我嗎？」

「想。非常、非常、想。」

牛郎頓了頓，又問：「妳後悔當年嗎？」倘若當初不衝動的私約成婚，應該不會招來今日一年才得一會的結果吧。

織女在丈夫臉上溜了一眼，輕輕偎進他懷中，細

聲而虔誠的答道：「人間有位詞人說的好，『兩情若是久長時，又豈在朝朝暮暮』，我們擁有無盡的歲月，即便是一年一會，累積下來也會是無盡的日月。」

　　牛郎釋然一笑，緊緊的將他的妻兒擁進懷裡。是的，身為天人的他們將享有無盡的相聚日月，比之人間的短暫須臾，其實已經夠好了。

　　而在距此千萬里之遙的人間，因著牛郎、織女的團聚，瀟瀟淅淅的飄起了一場歡慶的細雨。

牛郎織女傳──七夕的浪漫

仰望天際時，你是否曾經尋找
過牽牛星與織女星呢？試著動
動腦，回答下面的問題吧！

1.七夕是中國的情人節，你知
道有哪些特別的習俗嗎？

_____

_____

_____

2.傳聞七夕的雨是織女的眼淚，你還知道哪些七
夕的傳說嗎？

_____

_____

_____

_____

3.在七夕時，許多人會把願望寫在紙籤上，希望
能夠實現。你有什麼願望呢？快快寫下來吧！

國家圖書館出版品預行編目資料

牛郎織女傳 / 郭怡汾編寫;王平,馮艷繪.－－初版一
刷.－－臺北市: 三民, 2011
面; 公分.－－(兒童文學叢書 / 小說新賞)

ISBN 978–957–14–5428–3　(平裝)

859.6　　　　　　　　　　　　　　　　99024982

©　牛郎織女傳

編 寫 者	郭怡汾
繪 　 者	王 平　馮 艷
責任編輯	莊婷婷
美術設計	黃顯喬

發 行 人	劉振強
著作財產權人	三民書局股份有限公司
發 行 所	三民書局股份有限公司
	地址　臺北市復興北路386號
	電話　(02)25006600
	郵撥帳號　0009998–5
門 市 部	(復北店)臺北市復興北路386號
	(重南店)臺北市重慶南路一段61號

出版日期	初版一刷　2011年1月
編 　 號	S 857450

行政院新聞局登記證局版臺業字第○二○○號

有著作權‧不准侵害

ISBN　978–957–14–5428–3　　(平裝)

http://www.sanmin.com.tw　三民網路書店
※本書如有缺頁、破損或裝訂錯誤,請寄回本公司更換。